백수광부의 꿈

백수광부의

정 양＊산문집

작가

술과 친구는 묵을수록 좋다는데 글은 그렇지 않은 경우가 많다. 시사적 사회적 소재를 다루는 글이 특히 그렇다. 주제넘게도 나는 그런 시와 산문을 더러 썼다. 책을 엮으면서 곰팡내 역겨운 그런 글들을 상한 음식 버리듯 버렸지만, 버리지 못하고 남은 글들의 유통기한에도 딱히 믿음이 가지는 않는다. 묵을수록 맛있는 글, 그런 글에 대한 그리움이 새롭다.

이 책의 1부에는 비교적 덜 오래된 글이 실려 있다. 사람 사는 일이 예나 이제나 비슷비슷한 게 많아서 가까스로 유통기한이 유지되겠구나 싶은 글들이다. 우리의 문화적 사회적 정치적 역사적 그늘들에 대하여 될수록 편하고 가볍게 접근해보았다.

2부에는 2,30 년 묵은 아주 오래된 글들이 실려 있다. 음식 중에 향수식품鄕愁食品이 있는 것처럼 내 교직생활의 향수가 소박하게 서려 있는 글들이어서 차마 버리지 못했다. 더러 곰팡

내도 섞여 있지만 나로서는 구수하게 느껴지는 곰팡내다.

　3부는 지난 참여정부 시절 북한에 갔을 때 쓴 북한기행문과, 그 이듬해 중국 산동사범대학에 잠시 교환교수로 가 있을 때 썼던 토막일기, 편지글 들을 모아보았다. 쓰는 김에 좀 더 꼼꼼히 쓸 걸 너무 대충대충 썼구나 싶어 후회가 많다.

　책도 잘 안 팔리는 이 험한 세상에, 짱돌처럼 여기저기 무모하게 던져진 돌멩이들을 구슬처럼 꿰어 엮어주시는 「작가」의 손 사장님이 고맙다. 「작가」의 문향文香이 아무쪼록 온 누리에 그윽하기를 빈다.

2009년 가을

鄭 洋

_ 차 례

1부

헌화가의 신화적 여건

 삼국유사의 수로부인 시리즈는 후대인들에게 다양한 상상과 억측을 불러일으키며 오늘에 이르고 있다. 강릉 태수로 발령받아 임지로 떠나는 남편을 따라나서게 된 수로부인의 수난과 그에 따른 에피소드를 간략하게 기록해 둔 것이 삼국유사의 수로부인 시리즈다. 남편을 따라나선 여행길에서 수로부인이 겪는 그 수난이라는 게 이무기나 용왕 같은 신물神物들에게 납치를 당했다가 풀려나는 일이 주 사건이고, 바닷가 절벽 아래에서 점심을 먹다가 소 뜯기던 노인으로부터 꽃을 선물받는 것이 그 에피소드다.

 계곡의 이무기에게 납치당했다가 풀려난 과정에 대해서는 별다른 기록 없이 그냥 풀려났다고만 적혀 있지만, 바닷가에서 용왕에게 납치당했을 때에는 풀려난 과정이 비교적 자세히 기록되어 있다. 수로부인의 남편 김순정공은 납치당한 아내를 되찾기 위하여 먼저 길 가던 노인에게 자문을 구한다. 노인은 "뭇사람의 입은 쇠라도 녹이는 법이라"고 그 방법을 암시하고는 이내 사라진다. 남편은 노인의 암시에 따라 사람들을 모아서 바닷가 언덕을 몽둥이로 두드리며 입을 모아 용왕을 위협하는 노래를 부른다. 그리하여 겁을 먹게 된 용왕이 슬그머니 수로부인을 풀어주었다는 것이 사건의 전말이다.

납치 및 성폭력의 주범인 이무기나 용왕이 어떻게 응징되었는가에 대해서는 전혀 언급이 없고 그들을 응징하고자 하는 의지도 이 이야기는 전혀 내비치지 않는다. 용왕에게 납치되었다가 풀려나온 수로부인의 몸에서 아름답고 신비한 향기가 풍기고 있었다는 그 사건의 마무리 솜씨를 보면 응징은커녕 그들의 그러한 범행이 오히려 미화되어 있는 것처럼 여겨지기도 한다.

아내의 순결이 짓밟히는 현장을 목격한 뒤 그 사실을 노래로 폭로하면서 짐짓 미친 척하는 춤까지 곁들이어 거리로 나서던 처용의 경우를 잠깐 비교해볼 필요가 있다. 성폭행을 노래로 폭로하고 미친 척 춤을 추면서 억울함을 하소연하던 처용의 그 춤과 노래는 많은 이들의 관심과 동정을 사게 되었을 것이다. 그 관심과 동정은 성폭행의 주범을 비난하는 여론이 되고 여론에 몰린 역신은 마침내 공개사과를 하고 물러나게 되었을 것이다.

東京明期月良	서울 밝은 달밤에
夜入伊遊行如可	밤 늦도록 놀고 지내다가
入良沙寢矣見昆	들어와 자리를 보니
脚烏伊四是良羅	다리가 넷이로구나
二兮隱吾下於叱古	둘은 내 것이지만
二兮隱誰支下焉古	둘은 누구의 것인고?
本矣吾下是如馬於隱	본디 내 것(아내)이다만
奪叱良乙何如爲理古	빼앗긴 것을 어찌하리

— 「처용가」

그 처용과 순정공의 공통점은 우선 두 가지가 짚인다. 이무기나 용왕이나 역신 같은 신물神物들에게 순결을 짓밟힌 아내의 남편이라는 점과, 뭇사람의 입은 쇠라도 녹인다는 그 여론을 조성하기 위하여 노래를 불렀다는 점이다. 다른 점은 여러 가지다. 처용은 혼자 노래를 불렀고 순정공은 여럿이 노래를 불렀다. 처용의 노래는 창작곡이고 순정공의 노래는 데모 용 노가바(노래가사바꾸기)였다. 처용은 노래를 통하여 폭로와 하소연을 했고 순정공은 직접적으로 위협을 했다. 처용은 아내보다 아내의 순결이 소중했고 순정공은 아내의 순결보다 아내가 소중했다.

"龜乎龜乎出水路 거북아 거북아 수로부인을 내놓아라
掠人婦女罪何極 남의 부녀자 앗아간 죄 얼마나 큰가
汝若悖逆不出獻 네 만일 거역하고 내놓지 않으면
入網捕掠燔之喫 그물로 잡아서 구워 먹고 말리라

—「해가海歌」

   짓밟힌 순결 따위는 아랑곳하지 않고 오로지 아내만을 소중
히 여기던 남편 때문이었을까. 사건 이후 더욱 아름다워졌을
뿐인 수로부인은 오히려 그 납치와 폭행을 즐기고 있었던 것
같은 혐의가 짙다. 수로부인에게는 성폭행을 당한 여성적 수
치심이나 가책이나 원망이나 분노 같은 게 전혀 없어보인다.
수치심이나 원망이나 분노는커녕 수로부인은 한 술 더 떠서,
절벽에 피어 있는 꽃을 보면서 누가 저 꽃 좀 꺾어다주었으면
좋겠다고, 점심도 먹는 둥 마는 둥 딴청을 부린다. 누구에게랄
것도 없이 그냥 해보는 혼자소리였다.
   꽃이라는 게 곧 식물의 생식기이기 때문일까. 꽃을 꺾는 것
은 동서고금을 통해서 보편화되어 있는 성행위의 상징이다.
이무기나 용왕에게 납치당했던 일은 이미 세상이 다 아는 일
이다. 납치사건 이후로 아름다운 향내가 나고 더 예뻐졌다는
사실은 수로부인이 그 납치를 즐겼을 것이라는 짐작이 터무니
없는 것 만은 아닐 것이라는 심증을 굳히고 있다. 수로부인은

정말 끼가 많은 여자였을지도 모른다. 점심을 먹다가 문득 그 타고난 끼에 사로잡힌 것일지도 모른다.

누가 듣거나 말거나 그냥 해본 그 혼자소리를 귀담아들은 이가 마침 있었다. 하필이면 소 뜯기던 노인이었다.

자주색 바윗가에 잡은 손의 암소 놓으시고
나를 아니 부끄러워하신다면 꽃을 꺾어 바치오리다

향가 「헌화가」로 알려져 있는 이 두 줄짜리 노래는 실은 뒤의 한 줄만이 노래 내용이다. 앞의 한 줄은 그 노래에 임하는 상황설명이다. 아니, 뒤의 한 줄도 노래라기보다는 바람끼에 사로잡힌 수로부인에게 소 뜯기던 노인이 건네보는 단순한 수작에 불과한 토막말이다. 바람끼에 사로잡힌 수로부인에게 수작을 건네보는 사람이 젊은이도 아닌 노인네라는 사실이 이 이야기의 신화적 여건을 만들기 시작한다. 젊은이도 감히 오르기 어려운 그 절벽을 고작 소나 뜯기면서 주변노동에 매달려 사는 노인네가 곧바로 기어올라가 꽃을 꺾어다가 수로부인에게 바쳤다는 대목에 이르러 사람들의 상상과 억측들이 난무한다.

그 상상과 억측 중에서 오늘날 가장 널리 알려진 것이 바로 그 노인을 신선으로 여기는 상상과 억측이다. 암소를 끌고 있었으므로 그 신선은 도교적 신선이라고까지 신선의 출신성분까지 헤아리고들 있다. 정말 그런가. 그 노인이 신선임을 전제로 서정주 같은 이는 우리의 수로부인이 동서고금의 문학작품들을 통해서 가장 아름다운 여인이라고, 지상의 이무기나 바다 속 용왕이나 천상의 신선까지 우주적으로 동원되어 그 아름다움을 탐내는 여인이라고, 삼국유사의 수로부인 시리즈는 수로부인의 미모를 강조하기 위한 수준 높은 수사학이라고 침이 마르도록 칭찬을 아끼지 않는다. 정말 그런가.

수로부인이 대단히 아름답고 매력적인 여인이었을 것이라는 점에는 물론 나도 견해가 같다. 그러나 이무기나 용왕이나 노인에 대한 그런 식의 상상과 과장과 억측에 나는 도저히 동의할 수 없다. 더구나 삼국유사의 수로부인 시리즈가 수로부인의 미모를 강조하기 위하여 초점이 맞춰진 고도의 수사학이라는 견해에 대해서는 서글픈 배반감마저 느껴진다. 우리의 옛노래에 등장하는 인물들이 옆구리에 술병을 끼고 있으면 주신酒神이고 악기를 끼고 있으면 악신樂神이고 소와 함께면 도교적 신선이고 하는 식으로 걸핏하면 무턱대고 그들을 신격화하는 것은 그 노래의 신화적 여건을 무참히 잠식하는 이지고잉인 것만 같다.

젊은이도 오르기 어려운 절벽에 곧바로 기어오르는 그 노인을 쉽사리 신선으로 여기는 것은 이 노래의 신화적 여건을 무참히 잠식해버리는 짓이다. 그 노인이 정말 신선이었다면 그 신선이 수로부인에게 꽃을 꺾어다 준 이 사건은 그다지 놀라

울 일도 신비한 일도 감격스러운 일도 아니다. 왜냐하면 벼랑에 핀 꽃을 꺾어다주는 일쯤은 신선에게는 그다지 어려운 일이 아닐 것이기 때문이다. 신선 아닌 사람이, 그것도 힘없는 노인이 누구도 못 오를 것만 같았던 그 벼랑에 올라가서 꽃을 꺾어다 바쳤을 때 비로소 놀라움과 감격이 형성되고 그 놀라움과 감격을 근거로 신화적 감동이 완성될 수 있는 것이다.

신선도 아닌 힘없는 노인이 어떻게 그 벼랑에 오를 수 있었겠는가를 의심해볼 수는 있다. 그러나 그것은 딱히 불가능한 일만은 아니라고 나는 생각한다. 부도덕하고 포악한 암주暗主나 그 부류의 귀족들을 이무기니 용왕이니 하면서 슬쩍 신분을 가려야만 했던 설화적 필연성, 그들과 수로부인과의 성적 교유가 일상화 되어 있었던 여건 등을 감안하면서 우리가 이 노래에서 새삼 되새겨야 할 대목은 우리의 순정공이 백성들을 동원하여 노가바를 만들고 데모를 주동하여 드디어 아내를 되찾게 된 현실이다. 설화생산자들이 그 신분을 슬쩍 가려야만 했던 그들 암주暗主들과 그 부류의 귀족들이 염치불구하고 다투어 탐을 낼 만큼 아름답고 매력적이던 수로부인, 염치불구하고 덤비던 그들로부터 그 수로부인을 되찾은 데모의 주역들에게 이제는 다른 세상이 찾아온 것이다. 이 세상에서 제일로 아름다운 여인이 이제는 그들 곁에 있고 그들이 그 여인에게 꽃을 꺾어다 바칠 수 있는 세상이 된 것이다. 향가 「헌화가」는 민권의 승리를 자축하는 그런 감격을 바탕에 깔고 있다. 그 감격 그 축제적 분위기, 그리고 수로부인의 그 미모 앞에서 어느 노인인들 그 꽃을 꺾고 싶지 않겠는가. 어느 노인인들 그런 벼랑쯤 기어오르지 못하겠는가.

고관대작들이 염치불구하고 다투어 탐을 낼 만큼, 짓밟힌 그의 순결쯤은 아무것도 아니라고 사람들이 여길 만큼, 소나 뜯기는 힘없는 노인으로 하여금 힘을 솟구치게 하여 벼랑을 올라가게 할 만큼 수로부인은 정말 매력적인 여인이었던 것 같다. 그리고 이 수로부인 시리즈는 그렇게 성적 상상력이 가미되어, 되찾은 민권을 자축하고자 하는 쪽에 초점이 맞추어져 있는 이야기 같다. 설화나 노래의 등장인물을 걸핏하면 신격화해버리는 관행 속에는 그 설화나 노래의 신화적 여건을 잠식해버리는 아슬아슬함이 항상 도사리고 있다는 것을 이 「헌화가」를 통하여 거듭 강조해두고 싶다.

백수광부白首狂夫의 꿈

우리의 상대 가요들은 대부분 설화에 곁들여 전해온다. 그런데 그 설화들이 노랫말의 뜻을 음미하는 일에 어느 정도 도움이 되기는 하지만 적잖은 의문을 남기고 있는 것이 또한 대부분이다. 「공무도하가公無渡河歌」 혹은 「공후인箜篌引」이라는 노래와 백수광부白首狂夫에 관한 설화도 그 노랫말과 설화의 연결고리를 잃어버린 채 우리 문화사의 들머리에 자리잡혀 있다. 연결고리를 잃어버렸다는 것은 다시 말해서 그 노래가 애당초 지니고 있었을 사회적 감동이 복원되지 않은 채 단순한 기록만으로 존재하고 있다는 뜻이다.

기원전 2,3세기 무렵의 한사군시대에 대동강 유역에 크게 유행했었다고 알려져 있는 이 노래는 그 노랫말이나 그에 관

계되는 설화의 기록만으로는 그것이 한 시대, 한 지역의 대표
적 노래였던 필연성이 쉽사리 이해되지 않는다. 새벽 나루터
에서 노부부의 죽음을 목격한 뱃사공, 남편의 말을 전해 듣고
슬픔에 겨워 그 내용을 노래로 읊었다는 뱃사공의 아내, 뱃사
공 아내의 노래를 전해들은 마을사람들을 차례로 거쳐 대동강
유역의 대표적인 노래로 자리잡게 되었다는 이 노래는 그 노
랫말이 물 건너다 빠져 죽었다는 백수광부 아내의 탄식으로
되어 있다.

> 공무도하 公無渡河　　물 건너가지 말라니까
> 공경도하 公竟渡河　　끝내 건너가더니
> 타하이사 墮河而死　　저렇게 빠져 죽었네
> 공장내하 公將奈何　　이 노릇을 어쩌면 좋아.

　이 노랫말이 한자漢字로 번역되어 실려 있는 『고금주古今註』
의 이 기록은 사실 물에 빠져 죽은 백수광부 아내의 단순한 탄
식의 말에 불과하다. 문학사가들은 이 단순한 노랫말과 그와
관계된 설화를 근거삼아 '생활고에 지친 노부부의 자살사건',
'무당부부의 자살사건', '술병을 옆구리에 끼고 있는 주신酒神
과 공후箜篌라는 악기를 다루고 있는 악신樂神의 비극' 등등으
로 그럴듯하게 유추해보고는 있지만, 그 어느 재구성도 그 시
대 그 지역의 백성들에게 이 노래가 왜 그처럼 널리 유행했었

던가 하는 필연성, 이 노래가 그 시대를 살던 사람들에게 어필했던 감동의 원인을 충분히 설명하지는 못하고 있다. 무턱대고 신짜神字를 남용해서 신화가 되는 것이 아니고 감동의 내용과 그 잃어버린 필연성을 어느 정도 설명할 수 있어야 비로소 신화가 될 수 있는 게 아니겠는가.

이 노래의 나레이터는 백수광부의 아내지만, 이 노래와 관계되는 기록들을 음미해보면 그 실질적인 주인공은 백수광부다. 따라서 남편을 잃은 여인의 비가인 것처럼 보이는 이 노래는 사실은 여인을 뿌리치고 물을 건너갈 수밖에 없었던 한 가장의 현실적 고통과 그 의지와 그리움이 신화화되고 있는 비장미를 간직하고 있다.

한 시대를 휩쓸다가도 세월이라는 것이 조금 지나면 잊혀지는 일들이 허다하다.

"종철아, 잘 가그래이, 이 애비는 헐 말이 없대이."

이는 박종철 군의 아버지가 억울하게 죽은 아들의 뼛가루를 강물에 뿌리면서 뱉어낸 토막말이다. 박종철이라는 학생이 있었다. 그의 죽음에 대한 의문으로 세상이 한동안 시끄럽다가 안기부에 끌려가서 물고문을 당한 끝에 비참하게 죽은 사실이 최종적으로 밝혀진 대학생이라는 것을 그 시대를 눈여기며 살았던 이 나라의 백성들은 뼈저리게 기억하고 있다. 남북을 가르는 임진강에서 나룻배를 타고 아들의 원통한 뼛가루를 뿌리고 있는 초라한 아버지의 사진과 함께 신문마다 주먹만씩 한 글자로 찍히어 사람들의 가슴에 못 박힌 이 토막말은 지나간 '80년대 민주화의 바람에 결정적 도화선'이 되어 태풍처럼 이 나라를 휩쓸었다.

그 당시 수많은 백성들을 울먹이게 했던 이 사투리 토막말은 그로부터 30년이 채 지나지 않은 지금은 많은 사람들의 기억에서 사라져가고 있다. 이십여 년의 세월이 그토록 무심할진대, 수천 년 전 대동강 유역의 백성들이 함께 울먹이던 백수광부 부부의 자살사건쯤이야 잃어버리는 것이 너무나 당연하다. 수천 년이 지난 지금,

"물 건너지 말라니까 건너가더니 빠져죽었네. 이 노릇을 어쩌면 좋아."

이런 노랫말을 듣고 울먹이는 이가 있다면 그것은 지극히 비정상적인 일일지도 모른다. 그러나 그것이 꼭 비정상적인 것만은 아니다. 그리움을 위해서 목숨을 거는 이를 알게 될 때마다 우리는 그 백수광부를 떠올릴 수 있기 때문이다. 그리움을 위하여 목숨을 거는 일은 물론 흔한 일은 아니다. 보통사람들은 대체로 그리워하다가 그만둔다. 그만둘 뿐만 아니라 그리워하는 것을 두려워하거나 금기로 여긴다. 목숨과 맞바꾸어

야 하는 강 건너 마을에 대한 백수광부의 그리움은 당연한 그리움인 만큼 또한 당연한 금기였을 것이다. 누군가가 목숨을 걸고 물 건너기를 바라면서도 그것이 자기 가족일 경우 한사코 말리는 것이 보통사람들의 하는 일이다. 그러나 누군가가 그 물을 건너다가 죽었을 때 그 죽음 앞에서 울먹이는 것 또한 보통사람들의 몫이다.

그리움을 위하여 이를 악물고 목숨을 건 이들이 우리 역사에만 해도 어디 하나둘이랴. 식민지시대나 그 이전으로 멀리 거슬러갈 것도 없이 분단시대를 극복하기 위하여 임진강을 오가며 목숨을 걸었던 이들만도, 이 나라의 민주화를 위하여 목숨을 걸었던 이들만도 그 수를 이루 헤아리기 어렵다. 전태일 박종철 이한열 강정대 문익환 등등 우리를 울먹이게 했던 그 수많은 사연들의 밑그림이 바로 우리의 공무도하가요 백수광부 설화다.

그리움을 위하여 목숨을 건 장본인이 젊은이가 아닌 노인, 세상에 대한 열정이나 분노나 그리움 같은 것들이 삭을만큼 삭아서 이제는 그런 것들을 허연 머리칼로 뒤집어쓴 노인이었을 경우, 보통사람들이 두려워하고 금기로 여기던 그 그리움은 상대적으로 더 침통하고 치열하고 절실한 것이 되어 격정적인 울먹임이 되었을 것이다. 뱃사공과 그의 아내와 마을사람들을 차례로 거쳐 그 시대를 살던 사람들을 모두 울먹이게 했던 수천 년 전의 그 사연을 우리는 우리 시대에 우리를 울먹이게 했던 수많은 사연들을 통해서 짐작하게 되는 것이다.

왜 백수白首가 되었는가. 그것은 말할 것도 없이 세월과 고통과 인내가 어울려 빚어놓은 한 자연인의 모습이다. 산신령山神靈과 같은 초현실적 백수가 아니라 인간의 유한함을 절감하게 하는 지극히 현실적인 인간으로서의 백수다. 왜 광부狂夫가 되었는가. 세월과 고통과 그 인내의 한계를 보았기 때문이다. 고통과 인내의 한계를 절감하는 그의 그리움을 한사코 외면하고 싶었던 이들에게 그의 물 건너가는 행동은 틀림없는 광부로만 여겨졌을 것이다.

그는 그 한계 안에서 자족하는 니힐리스트이기를 거부한다. 그는 비록 백수이기는 하지만, 아니 백수로 허옇게 늙어버리고 말았기 때문에 잃어버린 세월과 잃어버린 인간을 회복하기 위하여 그 숙명적 한계에 도전하는 최후의 몸부림을 시도했던 것이다. 매달리는 여인의 손길도 뿌리치면서 그가 죽음을 무릅쓰고 가고 싶었던 물 건너 마을은 어쩌면 지금까지 그의 소시민적 삶의 무의미를 치료할 가슴 벅차는 감격과 환희와 그 고통과 기쁨이 함께 그를 기다리고 있는 곳이었을지도 모른다. 그 곳은 평생을 두고 이런저런 눈치나 보면서 허무하게 늙어버린 한 소시민에게 한평생 참아 온 그리움, 개인적 꿈이나 사회적 소망에 대한, 아니 그것들이 서로 별개의 것이 아니고 하나로 만나게 되는 그리움을 실현시킬 수 있는 창조적 공간이었을 것이다.

　그에게는 이제 그 그리움을 위해서라면 목숨도 아까울 것이 없다. 그는 이런저런 눈치나 살피며 조심조심 현실에 얽매인 채 늙어가기보다는 차라리 기꺼이 목숨을 버리면서라도, 차라리 광부라는 손가락질로 역사에 남을지라도 사회적 거듭남을 선택하고 있는 우리 문화사의 비극적 영웅이다. 이 백수광부야말로 몸조심만 하면서 그럭저럭 적당히 왜소矮小해지고 있는 현대인들의 고통과 부끄러움을 한 몸에 짊어진 채 우리 문화사 속에서 아직껏 몸부림치고 있는 우리의 원형적 남성상이다.

쓰라린 눈물 하도 많아서

雨歇長堤草色多 우헐장제초색다
送君南浦動悲歌 송군남포동비가
大同江水何時盡 대동강수하시진
別淚年年添綠波 별루년년첨록파

이 시는 1970년대 고등학교 국어교과서에 다음과 같이 번역
되어 있었다. 맘에 꼭 드는 번역은 아니지만 비교적 원시에 충
실한 번역이었다

비 개인 언덕에 풀빛이 푸른데
남포로 임 보내는 구슬픈 노래
대동강물이 언제 마르리

해마다 이별 눈물 보태는 것을

「송인送人」 혹은 「대동강」이라는 제목으로 널리 알려져 있
는 정지상鄭知常의 이 절구絶句를 수년 전 어느 책에서 나는 다
음과 같이 번역해 본 일이 있었다.

비 멎은 언덕에
짙푸른 풀빛
남포로 임 보내는
슬픔도 짙다
이별도 많은 대동강물
어느 때나 다 마르리
이별 눈물 하도 많아서
마를 날이 없단다

의역意譯이 좀 지나쳐서 오히려 어색해진 흔적이 역력하지
만 원시原詩의 속뜻을 보다 가깝게 헤아리고자 하는 욕심을 나
는 버릴 수가 없었다. 그것은 물론 욕심일 뿐 이런 정도의 오버
액션으로는 그 속뜻이 쉽사리 드러나지 않는다.

지금도 마찬가지지만 당시에도 국어교과서에는 그와 관계
되는 자습서나 문제집을 바탕삼아서 입시지도를 하곤 했었다.
그 자습서나 문제집들 중에는 우리 교사들이 땀을 뻘뻘 흘리

며 공부해야 할 내용도 많았다. 그런데 무슨 이유에선지 이 시에 관한 한 그 어느 자습서나 문제집에서도 이 시의 핵심에 접근하는 문제를 다루지 않고 있었다. 이 시의 지은이가 정지상이고 그가 묘청과 함께 서경천도를 도모하다가 처형당한 반체제 지식인이라는 사실을 자습서마다 밝히고는 있었지만 정작 지은이의 그런 생애나 사회적 배경을 이 시의 내용과 연결시켜 이해하고자 하는 태도는 어느 자습서나 문제집에서도 찾아볼 수 없었던 것이다.

이 시가 지금도 고등학교 국어교과서에 나오는지, 나와 있다면 자습서나 문제집의 내용들에는 어느 정도의 변화가 있는지 나로서는 미처 알지 못하거니와, 문학작품이 제공하는 사회적 상상력을 의도적으로 거세시켰던 그 무렵의 옹색한 입장이 어쩌면 그렇게 철저하게 모든 자습서나 문제집에 일률적으로 적용되었는지에 대해서 지금도 나는 이해할 수가 없다.

그들은 왜 목숨을 걸고 서경 천도를 도모했던가, 서경 천도를 주장하던 고구려적 정통성과 김부식을 축으로 삼은 신라적 정통성이 이 시에서 어떻게 첨예하게 맞물려 있는가, 그로 인하여 야기된 고려시대의 극심한 지역차별과 악랄한 사민정책 徙民政策의 참상이 어떠했던가, 대동강에서는 왜 그렇게 처참한 이별이 많았던가 등등, 당연히 짚어보아야 할 이 시의 문제점들이 너무나 천연스럽게 외면당한 채 고작 과장법이나 비약법, 시적 재치나 이별의 정한 따위가 당시 지습서나 문제집에서 이 시와 관계되어 다루어지던 단골 메뉴였다.

특정지역의 민중적 응집력을 약화시키기 위하여 그 지역출신의 관리 등용을 엄격히 제한하고 그 지역 주민들을 여기저기 강제로 이주 시키어 뿔뿔이 흩어지게 하던 그 사민정책徙民政策 때문에 당시의 서경(평양)에는 그런 참담한 이별이 많았을 것이고 조세정책도 그 특정지역에 대한 착취를 노골화했고, 노역勞役으로 강제로 끌려가는 남정네들이 그 지역에 유난히 많았을 것이다. 그들의 이별은 몇 달이나 몇 년이 지나면 다시 만날 수 있는 그런 이별이 아니었다. 한번 헤어지면 다시 못만나는 그런 이별이 대부분이었을 것이다.

전라북도 김제시 변두리에 신털미산이라는 자그마한 산이 있다. 사방을 둘러보아도 지평선이 보이는 들녘의 한가운데 자리잡은 산이다. 애초에는 산이 아닌 자그마한 언덕이었다고 한다. 벽골제碧骨堤라는 둑을 쌓기 위하여 당시 전국 각지에서 강제로 끌려온 사람들이 일하다가 쉴 때마다 모여들던 언덕이었다. 그 언덕에 모여 쉴 때마다 일꾼들이 발바닥에 신바닥에 묻은 흙을 털었고 그렇게 털어낸 흙들이 모여서 산처럼 쌓였다고 한다. 그렇게 신바닥 발바닥에 묻은 흙이 털리어 만들어진 산이기에 그 이름이 신털미산이다. 두고 온 식솔들과 고향이 그리운 그들의 한과 뼈가 묻혀서 만들어진 그 산에는 오늘날 키 넘는 억새풀만 무심히 우거져 있다.

한번 시작했다 하면 수십 년씩 걸리는 그런 대역사大役事, 한

번 끌려가면 다시는 돌아가지 못하고 그 곳에 뼈를 묻어야 하는 그런 역사役事가 전라도의 벽골제뿐이었으랴. 그런 역사마다 당시 핍박이 심했던 서경 사람들이 유난히 더 많이 끌려다녔으리라는 것은 불문가지不問可知다

금만평야 적실 둑을 쌓으러
방방곡곡 백성들이 여기 끌려왔다
흙 퍼나르다 이 언덕에 모여 앉아
투덕투덕 신바닥에 묻은 흙을 털었다
처자식 그리며 늙어가던 언덕이었다
투덕투덕 몸부림치던 뼈를 묻던 언덕이었다

이 나라에 맨 처음 만든 저수지였다
벽골제 긴긴 둑길이 들 건너로
몇 십 년을 뻗어가고 그 곁에
투덕투덕 신바닥 발바닥 털어낸 흙들이 쌓여
이렇게 그들막한 산이 되었다

신바닥 발다닥 털어낸 흙들이
얼마나 모이면 산이 되는지
믿을 테면 믿고 말 테면 말라고
들비둘기떼가 바람을 가르며

아랫마을 대숲으로 숨는다
산마루에는 키 넘는 억새들이
넋 놓고 지평선을 바라본다
억새는 지평선 위에 농자천하지대본을
쓰라리게 쓰라리게 서걱거리고
몇 천 년 건너 지평선이 스스로 가물거린다
눈 감아도 눈 앞에 다가서는
눈 뜨면 다시 가물거리는 지평선

눈 감아도 떠도 가고 싶은 고향산천이
뼈빠지게 살다가 뼈만 묻은 얼굴들이
글썽거리는 지평선에 몇 천 년 묵은
노을이 탄다

— 졸시 「신털미산」

　　슬픔과 고통과 절망과 원망에 잠겨 있는 사람에게는 눈부신
날빛이나 아름다운 풍광들은 위로가 되기는커녕 차라리 더 억
장이 막히는 법이다. 비 멎은 대동강변의 그 풀빛과 무르익은
봄날은 정든 고향과 처자식을 두고 끌려가는 사람들이나 그를
보내야 하는 사람들에게는 대동강변의 고운 풀빛과 아름다운
경치는 더 원망스럽고 억장이 막히는 풍광이었을 것이다. 풀
빛이 짙을수록 그들의 이별은 더 모질고 슬프고 원통하게 여

겨졌을 것이다.

　고구려적 정통성을 근거삼아 나랏일을 꾸려나가려던 사람들, 서경으로 도읍을 옮기어 잃어버린 땅을 되찾으려던 민족주의자들 때문에 서경땅이 무자비하게 지역차별을 받았던 사실을 되새기지 않는다면 이 시의 이별의 한은 한낱 수사적 과장이나 재치 이상의 의미가 없다. 이 시가 쓰여지던 당시의 고려는 대외적으로 안정을 도모하면서 사대주의가 급속도로 확산되고 민족주의는 상대적으로 약화되고 있었다. 민족의식을 유난히 강하게 표출시켰던 서경사람들이 중앙정부의 핍박을 집중적으로 받은 것은 당시로써는 쓰라린 상식이었을 것이다. 이별하는 사람들이 흘리는 눈물 때문에 대동강물이 마를 날이 없다는 이 시의 과장된 진술은 그러므로 단순한 미학적 가치의 대상만이 아닌, 사회적 상상력을 절실히 요구하는 역사적 앙금이다.

낙화암과 「초혼」

학창시절에 나는 한 번도 수학여행이라는 걸 가본 일이 없다. 대개는 돈이 없어서 못 가긴 했지만 나는 그게 안타깝기보다는 그 기간에 학교에 안 가도 되는 것이 훨씬 맘에 들었다. '가보면 뭐하나, 가 봤자지' 싶은 그 허망한 생각 때문에 나는 지금도 어지간하면 여행에 나서지 않는 편이다. 국내의 유명한 관광지도 가본 곳이 몇 군데 안 된다. 별수없이 여행을 가게 되더라도 볼거리의 눈요기를 하러 다니기보다는 죽치고 앉아서 못 두는 바둑을 두거나 술자리를 기웃거리거나 하면서 시간을 보내기가 일쑤다.

내가 부여의 낙화암에 처음 가게 된 것도 마흔이 넘어 학생들의 MT에 따라가서였다. 한 번도 가보지 않은 명소가 수두룩

한데 무슨 인연인지 그 이후로 우연찮게 무슨 계모임이니 무슨무슨 세미나니 연수회니 하는 일들 때문에 그곳에 몇 차례 더 다녀왔다. 그곳에 갈 때마다 삼천 궁녀가 낙화암 절벽에서 백마강으로 몸을 날려 집단자살을 했다는 등의 이야기들이 문득문득 의심스럽고, 의심스러울 뿐만 아니라 까닭 모를 분노와 절망과 슬픔이 사무치곤 했다.

낙화암 절벽 주변에는 기념사진 찍는 이들이 많다. 일행들이 저 아래 백마강으로 내려간 뒤에도 내려갔다가 다시 올라올 일이 귀찮아서 나는 번번이 낙화암 절벽 근처에서 시간을 보내곤 했는데, 그 근처에서 서성거리고 있으면 영락없이 셔터만 눌러달라는 부탁을 받는다. 남는 건 사진뿐이라고, 천천히 잘 박아달라고 농을 걸어오면서 사진 찍는 이들은 저희끼리 실없이 키득거리기도 한다. 사진을 찍고 난 뒤에는 절벽 끝에 서서 만만한 돌멩이를 골라 백마강을 향하여 몇 차례씩 힘껏 던져보는 이들도 많다. 아무리 힘껏 던져보아도 백마강에 빠지는 돌멩이는 물론 없다. 실로 어림도 없는 거리다. 돌멩이들을 던져보면서 그들은, 삼천궁녀가 저 아래 백마강으로 몸을 날려 빠져죽었다는 옛 얘기가 어이없는 거짓말이라는 것을 그렇게라도 확인하고 싶었는지 모른다.

낙화암이 화제가 될 때마다 궁녀의 숫자를 의심하는 이들도 많다. 의자왕의 궁녀들 중에서 서너 명 정도의 궁녀가 몰락한 왕조를 위하여 그렇게 집단자살을 했더라면 살아남은 백제의 억울하고 부끄러운 유민들에게 그 의거는 커다란 충격과 분노와 그리고 위로를 주었을지도 모른다. 다시 말해서 서너 명 정도의 궁녀만으로도 그 의거의 사회적 역사적 효과는 충분한 것이다. 만리장성이나 불로초로 유명한 진시황의 아방궁에도 궁녀의 숫자가 오백 명 정도였다는 데 삼천 명이라는 숫자는 해도 너무한 숫자임이 분명하다.

누가, 왜, 무엇을 근거로 그런 거짓말을 만들어놓았는지 확실히는 모를 일이지만 적어도 백제의 유민들이 지어낸 말 같지는 않다. 몰락한 왕조와 운명을 같이하지 못한 부끄럽고 억울한 백제의 유민들이 궁녀들의 의거를 통하여 자기네 부끄러움이나 억울함을 다소 달랠 수는 있었을지 모른다. 그러나 궁녀의 숫자 따위나 부풀리어 몰락한 왕조의 화려함을 강조하고 싶은 유치한 유민은 없을 것이다. 아니 땐 굴뚝에 연기 날 리 없다. 그때 그곳에서는 삼천을 헤아리는 수많은 백제의 아녀자들이 마지막 피난처였던 부소산 일대에서 그야말로 꽃 떨어지듯 죽었을 것이다. 봄 한철 낙화암 주변의 짓밟히는 꽃잎처럼, 수많은 백제의 아녀자들이 백마강을 건너온 나당연합군에게 무참히 짓밟혔을 것이다. 더러는 절벽 끝으로 내몰리어 떨어지기도 했을 것이고 더러는 백마강가로 밀리어 아닌게아니라 스스로 목숨을 던진 이들도 있었을 것이다. 그 사실을 알고 있는 그 근처의 수많은 사람들이 또 그렇게 죽임을 당했을 것이다. 부소산 일대에서 벌어졌을 나당연합군의 만행과 그 참상을 우리는 어렵지 않게 짐작한다. 한국군과 미군이 월남의 아녀자들에게 자행했던 만행과 무자비한 양민학살보다 더했으면 더했지 결코 덜하지는 않았을 것이다.

나당연합군에게 짓밟힌 그 백제의 아녀자들 중에는 어쩌면 궁녀들도 섞이어 있었을지도 모른다. 낙화암에서 많은 궁녀들이 죽었다는, 그들은 짓밟힌 게 아니고 스스로 목숨을 던졌다는, 그들의 숫자가 삼천을 헤아린다는 소문을 듣고 백제의 유민들은 아마도, 궁녀가 그토록 많은 나라였다면 그까짓 나라, 망해 버리기를 차라리 잘했노라고 그들의 죽음을 오히려 위로 삼았을 것이다. 궁녀가 그토록 많은 나라를 위하여 서러워했던 자신들을 오히려 부끄럽고 억울하게 여겼을 것이다. 누가 그런 소문을 날조하여 퍼뜨렸는지는 참으로 자명한 일이다.

소정방의 기념비가 서고 맥아더 동상이 의연히 서 있는 나라, 이 땅에서는 나라 잃고 짓밟힌 백제의 아녀자들이 궁녀였듯이 갑오농민군들은 화적패였다. 왜정 때 독립군들은 비적 혹은 마적떼였다. 제주도에서 거창에서 지리산에서 노근리에서 수없이 떼죽음을 당한 양민들은 빨갱이였고 광주항쟁을 주도하다가 죽어간 열사들은 폭도였다. 궁녀나 화적패나 마적이나 빨갱이나 폭도들 같은 이 나라의 억울한 떼죽음들을 새삼 되새기게 하는 곳이 바로 부여의 낙화암이 아닐까, 도요토미 히데요시의 군사들에게, 징기스칸이나 누루하치의 군사들에게, 그리고 맥아더의 군사들에게 이 나라 방방곡곡의 아녀자와 양민들이 무참히 짓밟혔던 일들을 새삼 되새기게 하는 곳이 바로 부여의 낙화암과 백마강이 아닐까 하는 생각들을 곱씹으면서, 기념촬영하는 이들의 셔터를 눌러주면서, 그때마다 소월의 「초혼」, 그 절망적 열정이 막연하게 나를 사로잡았던 것 같다.

산산히 부서진 이름이여
허공 중에 헤어진 이름이여
불러도 주인 없는 이름이여
부르다가 내가 죽을 이름이여

심중에 남아 있는 말 한 마디는
끝끝내 마저 하지 못하였구나
사랑하던 그 사람이여
사랑하던 그 사람이여

붉은 해는 서산마루에 걸리었다
사슴의 무리도 슬피 운다
떨어져 나가 앉은 산 위에서
그대 이름을 부르노라

설음에 겹도록 부르노라

설음에 겹도록 부르노라
부르는 소리는 비껴가지만
하늘과 땅 사이가 너무 멀구나

선 채로 이 자리에 돌이 되어도
부르다가 내가 죽을 이름이여
사랑하던 그 사람이여
사랑하던 그 사람이여
— 김소월의 「초혼」

　'하늘과 땅 사이가 너무 넓'어만 보이는 낙화암 절벽에 서
면 '산산히 부서진 이름', '부르다가 내가 죽을 이름'들이 이
제는 손에 잡힐 듯 다가온다. 어찌 낙화암이나 백마강뿐이랴,
장백산이나 지리산이나 회문산이나 무등산이나 한라산의 줄
기줄기마다, 압록강 두만강 한강 낙동강 섬진강 영산강의 구
비구비마다 '사랑했던 그 사람'들의 넋들이 방방곡곡에 사무
치고 있을 것이다.
　낙화암에 관한 졸시拙詩 한 편을 덧붙인다.

몇 차례나 낙화암에 올랐던가를
잊어먹었다 이곳에 오면 언제나
잊고 살던 목숨이 새삼스럽다

아닌게아니라 빠져죽고 싶도록
저 아래 물결이 곱다

역사는 음흉해도 낙화암에는
떼죽음도 거짓말도 아름다운가
믿기지 않는다는 듯이
목숨 대신 돌팔매를 던져보는 사람들
바위 끝에 서서 사진 찍는 사람들
날더러는 셔터만 눌러달라는 사람들
남는 건 사진뿐이라고
빨리 박아달라고 키득거리는 목숨들

이곳에 오면 언제나
돌팔매처럼 떠나버린 목숨들이
꽃잎처럼 짓밟히던 목숨들이
궁녀로 비적으로 빨갱이로 폭도로
학살과 암매장과 떼죽음으로
깎아지른 세월을 거슬러오는
생목숨들이 그립다

눌러만 주면 되는가 눌러만 주면
이 나라의 억울한 목숨들이 찍히는가

꽃잎도 돌팔매도 깎아지른 세월도
누르기만 하면 찍히는가

눌러달라는 대로 일삼아 셔터를 눌렀다
눈물겨운 목숨들이 함부로 찍힐 것만 같다
　　　　　　　　　— 졸시 「낙화암」

그 영전에 촛불을 켜지 마십시오

　내 주변에 석정夕汀시인과 가까웠던 이들은 많아도 나에게
는 평소에 그를 가까이 할 기회가 별로 없었다. 고은 시인이 연
전에 어느 일간지에서, 나를 보면 석정 선생 생각이 난다고 밑
도 끝도 없는 글을 쓴 적은 있지만 내 생각에는 얼굴 생김생김
은 말할 것도 없고 키만 해도 나는 좀 어색하게 껑정해 보이고
신석정 시인은 보기 좋게 훤칠한 편이다. 석정 시인과 가까이
지내지는 않았지만 그런 대로 석정 시인에 관한 몇 토막 잊혀
지지 않는 일이 있어서 차제에 그 기억을 되새겨보고자 한다.

　내가 석정 시인을 처음 만난 것은 내 문학청년 시절, 1966년
의 어느 늦가을, 지평선과 수평선이 번갈아 가물거리고 돛단
배 두어 척이 한가롭게 떠 다니는 동진강 하류를 건너, 야트막

한 야산자락에 자리잡은 전라도 부안읍 변두리의 어느 시골마을에 찾아가서였다. 동료교사들과 함께 동료교사 아버님의 회갑을 축하하러 간 길이었다. 흐트러진 풍물소리를 따라 들어선 잔칫집에는 신나는 춤판이 벌어지고 있었다.

열대여섯 명의 할머니 할아버지들이 주축을 이루어 한 데 어울린 춤판이었다. 춤판에 둘러선 구경꾼들은 객지에서 온 축하객들 같았다. 더러는 구경꾼들도 그 춤판에 끼어들곤 했다. 장구소리, 꽹과리소리, 징소리가 서로 따로따로인 채 어쩌다 한 번씩 맞아돌아가는 마구잡이 풍물 솜씨에 춤 솜씨들도 가지가지였다. 곱사춤, 도굿대춤, 엉덩이춤, 허리춤, 어깨춤, 어떤 이는 혼자 빙글빙글 양춤을 추기도 했다. 징채를 내던지고 춤을 추는 이, 춤추다 말고 꽹과리를 뺏는 이, 장구 치다가 구경꾼들과 함께 뱃살을 잡으며 웃는 이…… 그 마구잡이 춤판에 어깨춤을 추면서 손바닥으로 땀을 훔치며 웃어대는 석정 시인이 섞여 있었다.

동료 교사 하나가 저분이 신석정 선생이라고, 이 댁 친척이라고, 옛날에 우리 학교(당시 김제 죽산고등학교)에 근무하신 적도 있다고 풍물소리로 멍멍해진 내 귀에 대고 큰 소리로 알려주었다. 내가 고개를 끄덕이고 있는 동안에 우리의 말을 알아듣기라도 했다는 듯이 석정 시인이 나에게 성큼 다가왔다. "너 이놈, 여그는 웬일이냐" 내가 어리둥절할 틈도 없이 그는 거친 손길로 내 얼굴을 감싸쥐고 내 입술을 마구 빨았다. 수염

이 까슬까슬했다. 술냄새 땀 냄새로 숨이 막혔다. 술김에 나를 다른 사람으로 착각한 것 같았다. 할아버지 한 분이 그를 다시 춤판으로 끌고 갔다. 엉겁결에 입술을 빼앗기긴 했지만 마구 잡이 풍물소리가 더 정겨웠다. 징소리가 술 냄새처럼 몸에 감겼다. 내가 어리둥절하든 얼얼하든 상관없이 석정 시인은 또 어떤 할아버지와 손을 맞잡고 신이 나서 홍청거렸다.

예나 이제나 전라도 부안의 저녁놀은 유난히 아름답다. 누룩냄새가 입안에 쩍쩍 앵기는 잔칫집 술맛 때문에 늦가을의 저녁놀이 더 아름다웠는지도 모른다. 우리 일행이 잔칫집을 나서는 마을 어구, 저녁놀이 깔리는 어느 무덤 곁에서 우리는 석정 시인을 또 보았다. 아이들의 발길에 닳아서 잔디 뿌리가 다 드러난 마을 근처의 무덤, 그런 무덤 옆에서 머리가 허연 어떤 할머니의 옥양목 치마폭에 파묻혀 그는 어린아이처럼 엉엉 울고 있었다. 아니 짐승처럼 목을 놓아 흐느꼈다. 울음소리에 박자를 맞추듯이 할머니는 연신 그의 반백의 머리칼과 들썩이는 어깨를 번갈아 쓰다듬고 다독거렸다. 일행들이 마을을 벗어나 저만큼 들길 속으로 가물거리거나 말거나 나는 그냥 그 무덤 곁에 우두커니 서 있었다. 이번에는 내가 노시인의 입술을 훔치고 싶었다. 눈물이 쏟아질 것 같아서 그만두었다. 노시인은 여간해서 흐느낌을 그치지 않았다. 그 무덤과 마을과 저녁놀을 등지고 떠나는 내 발길에 노시인의 격렬한 울음소리가 어디까지 따라왔다.

훗날 전주 석정 시인 댁에 갈 일이 있어서 그때 그 할머님이 어떤 분이었느냐고 물었더니 그는 한참 동안이나 큰 눈을 껌벅거리며 말이 없었다. 무심코 물었던 건데 민망하기 짝이 없었다. 한참 만에야 그는 더듬더듬 6 · 25 때 그 마을에서 숨어 살았고, 그 할머니는 당신이 숨어 살던 집 아주머니였노라고 힘없이 말했다. 그 숨어 살던 때가 '6 · 25 때'가 아니라 9 · 28 수복 뒤라는 것을, 입산 도중 검거되었다가 요행히 『촛불』의 애독자인 어떤 국군장교를 만나서 구사일생으로 고향 근처로 숨어들었다는 것을, 6 · 25와 관계된 그런저런 일로 석정 시인이 한평생 기죽어 지낸다는 사실들을 나는 얼핏 들어 알고 있었다. 괜한 걸 물었구나 싶어 나는 얼른 말머리를 바꾸었다. 내 입술 훔쳤던 일을 그는 물론 까맣게 모르고 있었다. 웃지도 않았고 더 힘없고 우울해 보였다. 나는 괜한 소리가 자꾸 괜한 소리만 물어내는 것 같아서 내심 민망하여 어쩔 줄을 몰랐다.

석정 시인이 돌아가신 지 올해로 27년째다. 첫 시집 『촛불』도 아마 작년이 회갑이었을 것이다. 시집의 나이 회갑이 넘도록 석정 시인의 '촛불'을 서정적 · 목가적 혹은 자신을 태워 주변을 밝히는 희생적 시정신의 상징쯤으로 여기면서 그를 목가 시인으로 만든 시집이 바로 『촛불』이라고 말하는 이들이 아직도 많다. 졸고 「신석정의 촛불」(『사람과 문학』 창간호, 1992)에서 밝혀본 바처럼 그의 '촛불'은 끝끝내 켜지 말아야 할, 켜 있다면 서둘러 꺼버려야 할 몹쓸 빛이다. 그것은 어둠 속에서 제 주변만 겨우 밝히는 인위적이고 폐쇄적이고 잔인한 빛이다. 나라야 어찌 되든 남이야 어찌 되든 말든 자기만 잘 살면 된다는 소시민적 근시적 삶의 태도에 대한 자책과 거부와 고통과 혐오감을 석정 시인은 시집 『촛불』에 고심의 음각으로, 그러나 누구나 알아볼 수 있도록 소박하게 새겨놓았다. 그에게 있어 촛불은 아름답고 고귀한 정서적인 것이 아니고 잔인하고 답답한 극복의 대상이었다.

> 밤과 함께 나의 침실을 지키는
> 작은 촛불이 있다
>
> 그러나 그 촛불은
> 밤을 멀리 보낼 수 없는 약한 자이거니
>
> 그래도 작은 침실의 좁은 영토를
> 혼자 지키려는 잔인한 촛불이여
>
> 그러기에 문 밖에서는 어둠의 어린애기들이 쭈그리고 서서
> 침실을 가만히 굽어보고 있지 않은가?
>
> 너는 새벽처럼 밝지 못하기 때문에

너의 영토를 장악할 수는 없다

그러므로 나는 네가 추방한
어둠의 어린애기들을 맞아들이어

내 살림의 새로 시작하는 새벽이 올 때까지
그 아이들을 포근히 껴안으려 한다

작은 욕망에 타는 작은 촛불이여
이윽고 새벽은 네 뒤를 이어 오겠지
　　　　　　　── 신석정의 「나는 어둠을 껴안는다」 전문

　시집 『촛불』속에는 유아적 퍼스나의 배반당한 순진성이 곳곳에 내출혈의 몸부림으로 얼룩져 있다. 그러나 『슬픈목가』를, 『빙하』를, 『산의 서곡』을 아무리 써보아도 『촛불』을 제대로 못 읽은 이들은 그를 한사코 목가시인으로 못박아 둔다. 목가적 마스크를 쓰고 견뎌야 했던 식민지 젊은이의 한, 파렴치한 독재하에서 사람들과 더불어 사람답게 살아보려다 낙인찍히어 별 수 없이 그 목가적 마스크를 쓴 채 한평생을 기죽어 살아야 했던 장년과 노년의 한, 그것들이 석정 시인으로 하여금 고향의 늦가을의 저녁놀의 무덤 곁에서 격렬한 울음소리로 터져나오게 한 것은 혹시 아니었을까.

언제였던가 전주에서 석정 시인 추모행사가 있었다. 아마 이십 년이 넘었지 싶다. 그때 석정 시인의 제자 시인 한 분이 「아직 촛불을 켤 때가 아닙니다」를 조명을 받으며 비장하게 낭송하고 나서, 알고 하는 소린지 모르고 해보는 소린지 "스승님이 생전에 다 못 밝히신 촛불을 이제 저희가 켜겠습니다. 부디 고이 잠드소서"라고 더 비장한 목소리로 덧붙이던 일이 아직도 잊혀지지 않는다. "제발 석정 시인의 영전에서만이라도 촛불을 켜지 말아 달라"고 나는 성난 목소리로 덧붙이고만 싶었다.

암탉이 울면

'암탉이 울면 집안이 망한다'는 말은 애당초 우리나라 속담이 아니었다. 임진왜란을 일으켰던 도요토미 히데요시가 죽기 전 자기 문도들에게 남겼던 이 말이 그 후 일본에서 속담화되었고, 조선조 말 일본공사로 와 있던 이노우에 가오루가 민비(명성황후)를 제거하기 위해서 이 일본 속담을 의도적으로 우리나라에 유포시켰다고 한다.

김동인의 대표적 친일 역사소설 『젊은 그들』에는 이 껄쩍지근하고 음험한 속담이 여러 차례 동원된다. 동아일보에 소설이 연재되던 당시(1929년)에는 그에 대한 별다른 말썽이 없었던 모양인데 오늘날 돌이켜보면 작가 김동인은 간 큰 남자 시리즈에 넣어도 좋을 만한, 간덩이가 한참 부은 작가다.

『젊은 그들』에 나오는 민비는 시아버지(대원군)를 몰아낸, 시아버지의 뺨을 때리는, 나라살림을 유흥비로 거덜내고 가렴주구로 민생을 도탄에 빠뜨린, 그리하여 마침내 나라를 통째로 말아먹은 왕비로서 온갖 비난과 야유와 원망의 표적이 되어 있다.

민비만 아니었더라면, 그를 진즉에 없애버렸더라면 마침내 나라가 망하는 비극은 없었을 것이라면서, 여러 차례 민비를 시해해버릴 기회가 있었음에도 차마 단행하지 않았던 일들을 대원군을 비롯한 소설의 주인공들은 끝까지 한스럽게 여긴다. 이 소설의 문맥대로라면 그 후 일본이 고맙게도 민비를 시해함으로써, 나라의 장래를 걱정하는 〈젊은 그들〉의 묵은 원한을 시원하게 풀어주는 셈이다. 참으로 어처구니없는 소설이다.

일본은 청일전쟁에 승리했으면서도 러시아의 뒷심에 밀려 기껏 차지했던 요동반도를 반환한다. 민비는 그 러시아에 가까이함으로써 대륙진출을 위하여 한반도를 거점화하려는 일본의 야심을 가로막고 있었다. 일본은 '암탉이 울면 집안이 망한다'는 음험한 속담을 퍼뜨리면서 그 눈에 가시 같은 민비를 없애려고 치밀한 공작을 진행시켰던 것이다.

명성황후 시해사건, 을미왜변으로도 일컫는 그 사건은 그 후에 있었던 을사보호조약과 한일합방의 야만적 밑그림이다. 그것은 한반도를 식민지화하는 과정에서 일본이 저지른 천인

공노할 원죄다. 명성황후 시해사건 이후 곳곳에 항일의병들이 일어나고 김홍집을 비롯한 당시의 친일내각 대신들이 길거리에서 백성들에게 개처럼 맞아죽었던 일들을 전혀 모르기라도 한 것처럼, 식민지의 작가 김동인과 동아일보는 명성황후가 시해당한 지 불과 35년 후에 일본의 그 야만적 원죄를 희석시키는 소설을 썼고 그것을 연재했다.

써주니까 연재한 것인지 연재해준다니까 쓴 것인지 모를 일이지만 간덩이가 한참 부은 작가와 신문임에는 틀림이 없다. 동냥아치 보자기 싸움하듯 어떤 신문사는 또 김동인 문학상을 만들어 시행하고 있기도 하다. 하긴 이 땅의 친일의 후손들이 끝까지 감싸주고 싶은 작가요 신문들일 것이다. 민족정론지임을 자처하는 신문사들의 벼라별 음험한 행적들이 새삼스럽다. 그 이름의 문학상을 타면서 염치없어하는 이 땅의 작가들이 안타깝다.

통쾌하고 쓰라린 구두쇠

우리 민담 속의 구두쇠 얘기는 누가 더 구두쇠인가를 경쟁하는 해학담이 주를 이루고 있다. 민담 속에 단편적으로 출몰하는 그런 구두쇠 얘기가 천민자본에 대한 미움과 야유를 강화하여 보다 대형화 된 것이 놀부 얘기라면, 우리 근대소설에서 그 놀부의 피를 그대로 물려받은 대표적 인물이 채만식의 소설 『태평천하』에 나오는 윤직원이다.

놀부는 삼강도 오륜도 모르는, '대장깐 불집게로 불알을 꽉 집어도 눈도 아니 깜작일' 만큼 독하고 모질고 싸가지가 없기 때문에 누구든 마음 놓고 미워하고 비난해도 좋은 인물로 설정되어 있다. 나라도 이웃도 인정도 체면도 다 등진 채 오로지 제 돈 아끼는 일에만 매달려 사는 윤직원의 희한한 구두쇠 행각들도 결코 놀부에 뒤지지 않는다. 말버릇도 비슷하다. 제 재산을 축내려드는 사람이 하인이든 아들이든 손자든, 남자라면 모두 '잡아 뽑을 놈', 며느리든 손주며느리든 딸이든 애인이든, 여자라면 모두 '짝 찢을 년'이라고 군시렁거리는 것이 윤직원의 묵은 입버릇이다.

그는 일제가 수십만 병력을 동원하여 조선을 보호해주고 거리거리에 순사(경찰)가 있기 때문에 자신의 재산이 유지되는 것으로 믿는, 일제치하를 의심없이 태평성대로 여기는 사람이다. 놀부의 파산을 즐기는 판소리 청중들처럼 태평천하의 독자들은 탐욕 때문에 몰락하는 그 윤직원을 통쾌히 여긴다.

누군가를 비난하거나 미워하는 것은 조심스럽고 어려운 일이다. 그러나 누군가를 맘 놓고 비난하고 미워하면서 그의 몰락까지도 누구 눈치 안 보고 즐긴다는 것은 통쾌한 일임에 틀림없다. 윤직원을 통해서 맛보는 그 통쾌함은 점점 두터워지는 천민자본주의의 그늘을 우리에게 두고두고 되새기게 한다. 윤직원이 일본을 고마운 나라로 알고 있는 것처럼 오늘날 미국을 고마운 나라로 여기는 한국인들이 많다. 참 쓰라린 일이다.

풍자를 통해서 식민지적 여건을 극복하고 우리에게 그런 통쾌함과 쓰라림을 안겨주었던 채만식은 일제가 가장 껄끄러워했던 작가였다. 그 채만식의 일제말기 친일행적을 요즘 문제 삼는 이들이 있다고 한다. 역시 쓰라린 일이다. 채만식은 그 수

많은 친일문인들 중 유일하게 자신의 친일행적을 고백 · 참회
했던 사람이다.

제비다리 일부러 부러뜨리고

주한미군과 소파협정에 관한 시사토론을 텔레비전에서 본 일이 있었다. KBS였던가 MBC였던가는 잘 모르겠다. 저런 얘기들도 이제는 맘놓고 하는구나 싶어서 퍽 인상 깊었다. 서로 상반된 견해로 나뉘어진 열띤 설전 때문에 자정을 훨씬 넘기면서도 시간가는 줄도 몰랐다.

미국은 우리에게 가장 가까운 우방이다. 우리의 자유와 민주를 지켜준 나라다. 그러므로 소파협정이 다소 불평등하더라도 감수하자고 주장하는 이들이 있었다. 그리고, 자기네의 이익을 위하여 파견된 주한미군의 주둔비용을 우리가 분담하는 것은 옳지 않다. 미군이 파병되어 있는 다른 나라들과 같은 수준으로 소파협정이 개정되어 국가적 자존심이 회복되어야 한다. 나아가서 주한미군은 철수되어야 한다고 역설하는 이들도 있었다. 두 견해가 한 치의 양보도 없이 팽팽히 맞서며 불꽃 튀기는 설전은 밤 깊도록 이어졌다.

출연자들은 정확히 두 편으로 나뉘어 '이 세상에 어떻게 저런 사람들이 다 있단 말인가' 싶은 눈빛으로 서로 상대편들을 바라보곤 했다. 같은 하늘을 이고서는 도저히 살 수 없을 것만 같은, 그 서로를 경멸하는 듯한 눈빛들만 서로 닮아 있었다. 한국전쟁 당시 미국의 역할에 대해서도 그들의 견해는 완전히 달랐다.

미국은 북의 남침으로 인한 아슬아슬한 군사적 정치적 위기에서 한국을 구해주었을 뿐만 아니라 전쟁과 흉년으로 인한 경제적 위기로부터 한국인들을 건져주었다는 것이 한 쪽의 주장이고, 제비 다리를 일부러 부러뜨려 놓고 그 손으로 약을 발라준 놀부를 세상에 어느 제비가 고맙게 여기겠느냐면서 당시의 미국을 원망하는 것이 다른 한쪽의 견해였다.

세기의 석학, 노엄 촘스키의 『9.11』을 읽는다. 9.11 테러 이후 촘스키가 여러 신문 방송 기자들과 가진 회견 내용을 모아 놓은 이 책은 미국이라는 나라가 지구촌 곳곳의 약소국을 상대로 저질렀던 온갖 범죄들과 그와 관계되어 희생된 수백만 약소국 백성들의 한을 한꺼번에 되씹게 한다.

이차대전 이후 가장 많은 나라들과 전쟁을 치러온 나라, 촘스키가 일찌감치 '불량국가'로 점찍은 나라, 그들의 탐욕은 번번이 전쟁이라는 이름으로 의도된 오폭도 서슴지 않으면서 만만한 나라만 골라 누구네 이름처럼 조지고 부시는 일, 놀부처럼 제비 다리를 일부러 부러뜨려 놓고 약 발라주는 일에 이골나 있다. 요즘에도 어떻게든 이라크를 또 조지고 부시려고 안달이다.

우리와 가장 가까운 우방이라는 그들은 또 우리와 상의 한마디 없이 한반도에서 핵무기를 사용할 계획을 미리부터 새워 놓고 있다고 한다. 문민정부 말년에는 하마터면 그 핵폭탄이 터질 뻔했었다고도 한다. 미국이 아프칸에서 소련을 몰아내려고 끌어모아 훈련시킨 이슬람 다국적군이 바로 오사마 빈 라덴의 병력이었다. 이제는 그를 잡는다는 핑계로 아프간을 초토화시켜 카스피해의 송유관 매설작업을 하고 있는 사실이 남의 일만 같지 않게 섬뜩하다. 미국이라는 나라가 국제법을 상습적으로 짓밟는 불량국가인가 정의의 나라인가를 주제삼는 토론이 한번 진지하게 열려봤으면 좋겠다.

지푸라기로 간 빼먹는

　유영국의 소설 『만월까지』(실천문학사)는 식민지시대 전라도의 완주군 구이면 일대가 소설의 배경이 되어 있다. 식민지시대 소설에서 흔히 동원되는 민족의식이니 계급해방 같은 이념과는 거리가 먼, 먹거리에 매달려 입에 풀칠하기 바쁜, 짐승처럼 참담하게 사는 천민들이 소설의 주인공들이다. 그 뼈빠지게 사는 사람들의 이야기가 질펀한 전라도 사투리와 함께 참담하고 아름답다. 저주받은 핏줄의 분노와 한과 파격적 사랑이 눈물범벅으로 비벼진 이야기다.

　거기 보면 별똥죽이라는 음식이 나온다. 겨우 물알이 든 보리이삭을 잎사귀째 잘라서 나물 섞어 죽을 쑨 청맥죽靑麥粥의 별칭이다. 봄철 내내 나물만 뜯어먹고 살다가 그나마 오랜만에 곡기가 느껴지는 죽을 들이키려니 눈에서 별똥이 떨어지듯 눈물이 쏟아지는 죽이라고 해서 붙여진 이름이다. 눈물을 섞어 먹는다고 해서 옥루죽玉淚粥이라고도 한다.

지역축제마당의 '농자천하지대본' 이라는 깃발 앞에서 문득 그 별똥죽 생각이 난다. 별똥죽뿐이랴. 눈물 섞어 먹던 『만월까지』의 온갖 먹거리들이 깃발 주변에 꽂힌 허수아비들과 함께 줄줄이 떠오른다. 허수아비들 하나하나가 예사롭게 보이지 않는다.

"지푸라기로 간 내먹는다" 는 속담이 있다. 남의 소중한 것을 힘 안 들이고 속임수로 빼앗으려드는 일에 빗댄 말이다. 저 '농자천하지대본' 이라는 깃발이 바로 오랜 세월 농민들의 피땀을 우려먹은 그 지푸라기다. '천하지대본' 이라는 빛 좋은 허울을 자랑삼아서 수백 년을 두고 뼈빠지게 살아온 농민들만 마침내 뼈가 빠져버린 세상이다. 지푸라기로 간만 빼먹은 결과다. 허망하게 간을 빼앗긴 채 깃발 주변에 꽂혀 있는 허수아비들이 자꾸만 눈물겹다.

농번기가 되면, 논두렁에 앉아서 농민들과 함께 국수나 막걸리를 마시는 대통령의 사진이 단골로 신문에 크로즈업되던 시절이 있었다. 거짓말인 줄 빤히 알면서도 예뻐보인다는 말을 즐기는 여인들처럼, 사진 찍고 나면 서둘러 자리를 뜨는 줄 빤히 알면서도 지푸라기로 간 빼먹는 그런 친농민적 제스추어를 감지덕지 여기는 착한(?) 농민들도 있었다.

농촌인구가 표나게 줄어든 요즘에는 북적거리는 시장통이나 전철역 같은 데를 돌아다니는 대통령 후보들의 서민행보가 바쁘다. 가히 '서민천하지대본'의 시절이다. 이번 대선은 마치 누가 서민인가를 판가름내려는 선거 같다. 점퍼차림의 그들은 수해현장에서 땀 한 방울 안 나는 삽질도 하고 시장통에서 흙 묻은 오이를 마구 씹어먹기도 한다. 간 빼앗길 허수아비들이 아직도 얼마나 더 남아 있는 건지, 그들의 점퍼차림이 꼭, 하늘이 두 쪽 나더라도 어떻게든 서둘러 간을 빼먹으려 드는 지푸라기만 같다.

도둑을 보고도 짖지 않는 개

　이승만, 박정희, 전두환, 노태우, 그들이 대통령 해먹던 시절에는 금서禁書도 참 많았다. 그 수많은 금서들이 몰래 복사되어 은밀히 떠돌던 시절, 공공연히 복사되어 공공연히 읽히던 시절, 그리고 금서로 지정되면 그 책이 날개돋힌 듯 팔리어 출판사가 떼돈을 버는 일이 심심찮게 생기던 시절들이 차례로 우리 곁을 지나갔다. 『김형욱회고록』 같은 게 떼돈 벌게 했던 대표적 금서였을 것이다.

　떼돈을 벌게 했는지 어쨌는지는 잘 모르지만 '80년대 후반, 정경모의 『찢겨진 산하』도 그 무렵 많이 읽힌 금서 중의 하나였다. 이승만과 박정희에게 암살당한 여운형·김구·장준하가 저승에서 만나 그들이 살았던 시절을 회고하면서 그 무렵의 역사적 그늘을 밝히는 것이 책의 주요 내용이다.

『찢겨진 산하』에 관한 얘기를 새삼 꺼내는 것은 요즘 시청률 높다는 드라마의 주인공 김두한(이승만의 지시로 여운형 암살의 주요 임무를 수행한 것으로 그 책에 기록되어 있음)이 생각나서만은 아니다. 토지 국유화를 주장하던 김구를 테러리스트로, 빨갱이로 몰아세우던 동아일보와 김성수 때문만도 아니다. 신탁통치 문제로 국론이 비등하던 해방정국에서 김구의 순결한 반탁운동이 이승만의 음험한 반탁운동에 무참히 이용당하던 비극 때문만도 아니다. 요즘 들어 그 이승만의 자유당 독재나 박정희의 유신독재, 그리고 민정당의 오리발들을 연상하게 하는 여러 가지 불길한 징후들이 『찢겨진 산하』의 내용을 새삼스레 되새기게 하는 것이다.

일당독재시절을 연상하게 하는 조직폭력배 소재의 영화나 드라마에 관객이 몰리는 일, 박정희 기념관을 세우는 일, 선거 자금과 관계된 이런저런 비리들, 이승만과 김구의 대립국면에서 동아일보가 김구를 몰아세웠듯이 '자전거일보'로 속칭되는 몇몇 언론들이 특정 대통령 후보를 표나게 감싸고 표나게 몰아세우는 일 등등…, 그 일당독재 시절을 연상시키는 수많은 일들이, 민심을 짓밟고 오도하는 일들이 요즘 들어 예사로운 일인 듯 진행되고 있다. 그런 일들에 신경 쓰일 때마다 마치 뒤로만 가는 열차를 타고 있는 것 같은 낭패감을 나는 지울 수가 없다.

『찢겨진 산하』를 다시 생각나게 하는 그 수많은 일들 중에서 가장 불길한 징후처럼 느껴지는 것은 병역비리 의혹을 얼버무린 검찰의 태도다. 길을 막고 물어보아도, 도둑을 보고도 짖지 않는 개는 필경 주인을 물어죽이는 법이라고 백성들은 입을 모아 말할 것이다.

　살인 혐의의 조폭을 고문치사시킨 검찰이 이번에는 아직까지 한 번도 그런 일이 없었던 것처럼 주인을 문 책임을 뉘우친다며 사표를 냈다. 병역비리를 얼버무려 놓았으니 제 할 일은 다 했다는 것인가. 병역비리로 실추된 명예를 이 오리발로 회복해보겠다는 것인가. 좀도둑으로 위장하여 구속당하는 간교한 살인범을 보는 기분이다. 그들이 되돌아가고 싶은 과거가 과연 어느 시절쯤인지 궁금하다.

콩깍지로 콩을 삶는

조조曹操의 아들 조식曹植이 일곱 걸음 안에 써야 했다던 〈칠보시七步詩〉는 골육상쟁의 비극을 "콩깍지가 콩을 삶는" 비유로 읊어 일찍이 사람들의 가슴을 저미게 했었다. 이 땅에서 그런 저주받은 전쟁을 치른 지 반세기가 지나간다.

그나마 운 좋은 피붙이들이 서로 만나는 이산가족상봉의 울음바다는 저주받은 전쟁이 오십 년 넘도록 지속되고 있다는 것을 새삼 실감하게 한다. 그 눈물바다를 접할 때마다 해방정국에서 국토분단을 선도했던 이들, 통일의 날을 기다리다가 죽어간 이들, 통일조국을 주장하다가 암살당한 이들, 전쟁에 희생된 수많은 이들이 겹쳐 생각나곤 한다.

서로 부둥켜안고 흐느끼던 이산가족들은 시간이 되면 말 잘

듣는 초등학생들처럼 줄 서서 버스에 오른다. 갈림길의 버스를 서로 뒤죽박죽 좀 섞어 타면 안 되나. 서울에서든 금강산에서든, 돌아가지 않겠노라고, 배를 쩰 테면 째보라고 좀 버티면 안 되나.

동족인 우리들은 그 만남과 이별이 다행스럽고 분하고 안타깝고 소름이 돋지만 선진국 사람들이 그 화면을 본다면 지구상에 아직도 저런 야만적 만남과 이별이 있다는 사실에 대해서 혀를 끌끌 찰 것이다. 줄 서서 버스에 오르는 사람들을 보면서 그들은 또 이 세상에는 참 희한한 일도 다 있다며 머리를 갸웃거릴지도 모르겠다. 어쨌거나 그 눈물바다는 남이 볼까 두려운, 분단이 빚어놓은 숱한 야만적 현실 중의 하나임이 분명하다.

『우리역사를 의심한다』에서는 우리 역사의 어두운 그늘들을 조명하면서 분단으로 인한 그 야만적 현상들도 몇 차례 논의되고 있는데, 그 중에서도 특히 SOFA에 관한 김보영의 글, 냉전세력에 관한 강만길의 글이 남들 알까 두려운 우리의 야만적 현실을 쓰라리게 곱씹게 한다.

도둑놈이 웬만해서는 범행을 자백하지 않는 것처럼 스스로 친일세력, 극우파, 냉전세력임을 자처하는 이는 오늘날 우리 주변에는 거의 없는 것 같다. 겉으로는 모두들 평화통일을 주장한다. 그럼에도 불구하고 이 나라에는 그 냉전세력이라는 것이 또 엄연히 존재한다. 콩깍지로 콩을 삶던 일을 그들은 예사롭게 여길지도 모른다. 모르긴 해도 북에서도 비슷할 것이다.

식민지시대의 친일세력이 해방정국에서 분단세력이 되었고 그 친일세력과 분단세력을 뿌리삼아 극우 반공세력이 이 나라에 자리잡았다는, 그리고 군사독재 시절에 정치적 경제적 바닥을 든든히 다진 그들이 민주화시대에 이르러 냉전세력이 되어 있다는 강만길의 말은 '80년대의 이 나라 대학생들에게는 상식으로 통하던 내용들이다. 십여 년 전의 그 상식을 강만길이 새삼 강조하는 까닭은 아마도 남북화해무드 때문에 위기감을 느낀 냉전세력들의 결속이 요즘들어 두드러지고 있기 때문일 것이다. 민주화세력이 와해되고 냉전세력의 결속이 강화되는 세상이 정말 아슬아슬하다.

누가 더 미쳤는가

주지하는 바, 확인도 부인도 하지 않는 것이 미국의 한반도 핵정책이다. '하지 않는 것'과 '하지 못하는 것'은 결과적으로는 그게 그거지만 그 말맛은 사뭇 다르다. 후자가 수세적 최선의 입장이라면 전자는 보다 공세적 오만함을 물씬 풍긴다. 한반도에 신무기를 해외로부터 반입할 수 없다는 정전협정을 명백히 위반했으면서도 적반하장으로 미국이 그처럼 오만할 수 있는 이유 중에는 그 핵무기를 고맙고 든든하게만 여기는 한국인들도 분명 한 몫 거들고 있을 것이다.

확인도 부인도 하지 않는 가운데 미국이 비공식적으로 흘린 여러 정보에 의하면 한국에는 무려 700개로 추산되는 핵폭탄 핵탄두 핵지뢰 핵배낭 핵미사일 등 각종 핵무기가 설치되어 있다고 한다. 그 한국에 배치된 핵은 지구상에서 가장 통제가 허술하다. 명목상 국군통수권은 있는 한국 대통령에게 실질적 작전권을 가진 주한유엔군사령관이 통보만 하면 곧바로 터질 수 있는 핵이다. 가장 쉽게 터질 수 있는 핵이 가장 먼저 공격받는 것은 군사적 상식이다. 그 재앙, 그 핵이 과연 고맙고 든든한가.

미국은 1976년 이후 해마다 한반도에서 '팀스프리트' 라는 핵전쟁 훈련을 하고 있다. 평균 20만 명 이상의 병력으로 60~90 일이 소요되는, 세계 군사훈련사상 유례가 없는 대규모다. 그 훈련이 시작되면 북한은 그 기간 동안 국가비상사태를 선포, 국가의 각종 생산기능이 정지되고 전인민이 무장 배치된다. 북한의 국력을 소모시키고 북한의 군사적 대응 능력과 기능을 점검하는 것이 그 훈련의 쏠쏠한 보너스적 효과일 터이다. 그렇게 30 년 가까이 계속되는, 북한에 대한 미국의 핵공격 협박이 바로 팀스프리트다.

리영희의 연구글 〈북한—미국 핵과 미사일 위기의 군사정치학〉에는 그런 핵과 미사일을 둘러싼 북미관계가 종적으로 횡적으로 낱낱이 분석되어 있다. 그 글에서 리영희는 북한이 핵개발에 집념을 보이는 필연성을 역설하면서 위기의 주요인이 재래식 무기를 온 세상에 팔아먹어야 하는 미국에 있다고 결론짓는다. 전쟁과 무력분쟁이 없는 세계는 미국을 불안하게 한다는 것이다.

망하기 직전의 로마를 자꾸만 연상하게 하는 미국은 요즘 들어 유난히 북한의 핵 문제를 자주 들먹인다. '북한을 침공할 생각이 없다'는 부시의 말은 바로 그 앞에 '지금 당장은'이라는 내용이 가까스로 빠져 있는 것만 같은, 맘만 먹으면 남의 나라쯤 얼마든지 침공해도 된다는 그런 야만이 일상화된 어투다. 침공하지 않는다면 핵개발을 포기하겠다는 북한과, 포기한다면 침공하지 않겠다는 미국과의 희한한 핵 줄다리기에 접하면서, 나는 요즘 리영희의 『반세기의 신화』를 밑줄 그어가며 읽고 있다.

　핵 없는 나라가 핵 가진 나라를 샅샅이 뒤지는 세상, 감춘 핵이 발각되면 아주 망해버릴 만큼씩 벌금도 물리고 왕따시키는 세상, 그런 세상이 오기를 바란다면 사람들은 날더러 미친 놈이라고 할지도 모르겠다. 그러나 핵 가진 나라가 핵 없는 나라를 핵 볼모로 잡고 밤낮 핵으로 위협하면서 왕따시키려 드는 것이 아무래도 더 미친 짓일 것이다.

떨어지지 않는 거머리

　김일성이 가짜라는 말인지 김일성교육이 가짜라는 말인지 헷갈리게 하던 가짜김일성교육은 그 뿌리가 깊다. 이승만 단독정부가 들어선 이후에 학교를 다녔던 이들뿐만 아니라 왜정 말기에 보통학교를 다녔던 이들도 그 가짜김일성교육을 받았다고 한다.

　50년 넘도록 우리나라 반공교육의 단골 메뉴였던 그 가짜김일성교육은 김일성 북한 주석의 사망과 함께 씻은 듯이 사라졌다. 김일성은 죽어서야 진짜가 된 셈인데, 어처구니없는 그런 우민정책이 어쩌면 그렇게 오랜 세월 동안 지속될 수 있었던가 하는 배반감은 여간해서 씻어지지 않는다.

　그런 식으로 반세기 동안 지속된 우리나라 반공교육은, 소련과 중국은 절대악이고 미국은 절대선이라는 흑백논리를 바탕삼아 짜여 있다. 소련과 중국이 절대악이 아니라고 알려진 지금도, 미국이 무슨 짓을 하든 그것을 탓하면 곧장 빨갱이로 몰리는 것이다. 남들 보기엔 무슨 애들 장난 같은 짓이겠지만 우리에게는 그게 장난이 아니다. 우리나라에서는 유력한 대통령 후보들도 미국이라면 금방 껌뻑 죽어야 유력한 입장을 유지할 수 있게끔 되어 있다. 무턱대고 미국에 굽신거리지는 않겠다는 엊그제 있었던 어느 대통령후보의 지극히 상식적인 말을 대다수 국민들이 파격적인 것으로 여길 만큼, 우리 역대 대통령들은 지금껏 무턱대고 미국에 굽신거려 온 것이 사실이다.

미국에 굽신거려야 하는 그 흑백논리 때문에 미군주둔이 가능한 것이고 그에 따른 소파와 주둔군의 만행이 한반도에는 끊이지 않는다. 여중생 학살사건에 대하여 재판이라도 제대로 해달라고 연일 이어지는 시위 관련 사진은 사라진 가짜김일성교육을 떠올리게 한다. 가짜김일성교육이 꼬리를 내리듯이 주둔군의 만행이 사라지기 위해서는, SOFA나 주둔군만 탓할 게 아니라 그걸 가능하게 하는 흑백논리, 어떤 잘못을 저질러도 탓하면 안 되는 미국에 대한 한국인들의 노예근성이 먼저 사라져야 할 것 같다.

최근에 창간된 월간 『희망세상』 11월호에는 작가 김성동이 병상의 리영희 교수를 인터뷰한 기사가 실려 있다. 리교수는 미국을 거머리에 비유한다. 손바닥으로 탁 치면 떨어지는 거머리가 아니라, 우리민족의 멱에 깊숙이 빨대를 꼽고 피가 다마를 때까지 절대로 떨어지지 않을 거머리라는 것이다. 앞으로 이십 년쯤 후 미국에 대적할 지구상의 유일한 나라가 중국일 텐데, 그 중미전쟁이 한반도를 제물삼아 치뤄질 것이라는 예단도 곁들여 있다.

한국이 대리전을 해주기 때문에 미국의 피해를 최소화시키는 중미전쟁, 손 안 대고 코 푸는 그 최상의 시나리오를 위하여 주한미군이 한반도의 작전권을 꽉 쥐고 있을 거라는 게 리교수의 견해다. 우리로서는 그야말로 말만 들어도 섬뜩한 최악의 시나리오다.

우리를 장악하고 있는 흑백논리가 애들 장난이 아니듯, 리교수의 예측도 결코 장난 같지는 않다. 우리시대 사상의 길라잡이로 알려진 리 교수이긴 하지만, 그러나 그 견해가 제발 어긋나기를 바란다. 가짜김일성교육이 사라지듯, 이 나라에서 흑백논리도 주둔군도 함께 사라질 날을 기다린다.

잃어버린 신화를 찾아서

—지승智勝 스님의 『한밝나라 이야기』

　이완용이 고문으로 있던 조선사편수회에서 이완용의 질손姪孫인 이병도는 식민사관에 맞추어 조선의 역사를 줄이고 고치고 깎는 일에 매달렸다. 해방이 된 뒤에 불살라야 마땅했을 이병도의 글이 그대로 국정 국사교과서가 되어버렸고, 교과서라는 마른 섶을 타고 거침없이 그 거짓의 불길이 번져 오늘에 이른 것이다.

　『한밝나라 이야기』에는 신라의 삼국통일로 잃어버린 땅, 김부식의 『삼국사기』로 잃어버린 신화, 이병도의 식민사관으로 잃어버린 역사를 찾아나서는 지승스님의 숨결이 거칠다. 『부도지符都誌』의 해설을 축으로 삼아 펼쳐지는 『한밝나라 이야기』를 통하여 지승스님은 김부식의 모화사상과 이병도의 식민사관을 거세게 원망하면서 그 특유의 거친 숨결로, 그러나 꼼꼼하게, 잃어버린 신화의 숲 속에 훤칠한 길을 닦아놓고 있다.

계림의 개 돼지가 될지언정 왜놈의 신하 노릇은 하지 않겠다며 왜왕에게 화형을 당했던 신라의 박제상은 많은 얘기를 후세에 남기고 있는데, 그는 그런 이야기들만 남긴 게 아니라 그의 영해 박씨 집안에 가보로 삼는 책을 대대로 전해오도록 했다. 1600년 동안 전해온 그 책 이름이 『부도지』다. 『삼국사기』보다 860여 년을 앞선다. 우리 고대사에서 잘려나간 단군 이전의 신화가 기록된 책이다. 거문고의 명인 백결선생(박문량)이 바로 박제상의 아들이라고 한다.

비밀리에 전해왔다고는 하지만 조선조 세조 이전까지는 알 만한 이들은 그 책의 존재를 알고 있었다고 김시습은 〈징심록 추기〉에 적고 있다. 고려 태조는 직접 사신을 보내어 그에 관한 일을 상세히 물어왔고, 세종대왕도 영해 박씨 종가와 차가를 한양으로 불러들여 성균관 옆에서 살도록 배려했다고 김시습은 적고 있다. 세조의 왕위찬탈에 맞섰던 박씨 일가는 여기저기 쫓겨다니다가 마침내는 함경도 문천의 운림산으로 숨어버린다. 그 후 몇백 년이 지나 이 책을 세상에 공개하게 된 박금朴錦씨 대에까지 이르렀던 것이다.

우리의 단군이야기는 천지창조 다음 단계인 인간창조 신화다. 『부도지』는 단군 이전의 천지창조신화가 담긴 책이다. 태초에 음(音 sound)이 있었고 그 음율에 의해서 이 세상 만물이 빚어진 것으로 『부도지』의 이야기는 시작된다. 백결의 거문고, 우륵의 가야금, 피리소리로 달을 멈추게도 했고 열흘 넘도록 두 개의 해가 동시에 뜨는 변괴를 노래로 다스린 월명사, 노래 불러 역신을 몰아낸 처용, 신문왕 때의 만파식적, 용왕에게 빼앗긴 아내 수로부인을 노래로 찾아낸 김순정공 등등, 이루 다 헤아릴 수 없는 음율音律과 관계된 신비한 사연들이 우리 문화사 속에는 날줄 씨줄로 짜여 있다. 음율로 만물이 빚어졌다는 『부도지』의 사연을 상기할 때 그것들이 결코 우연만은 아닌 것 같기도 하다.

신화는 '벌떡벌떡 숨을 쉬는 화석'이고 역사는 그 민족의 음식이라고 지승스님은 말한다. 모화사상과 식민사관의 독이 든 음식을 우리 민족이 너무 오래 먹어서 모화와 친일이 곧바로 친미로 이어지고 있는 것일까. 중국의 신화를 발 아래로 굽어보게 하는 지승스님의 이야기가 딱히 자랑스럽지만은 않다. 친일과 친미에 찌든 정치인들로부터 '국민 여러분' 소리를 들을 때마다 이 나라 국민인 것이 정말로 부끄럽다.

역사의 하수구에 모인 철새들

올 겨울 치르는 우리나라 대통령선거는 총칼로 피 흘리며 얻는 그 어느 혁명보다도 우리 역사에 엄청난 결과를 가져올 것이라면서 미리 흥분하는 이들이 많다. 후보들마다 다투어 내세우는 부패 청산, 낡은 정치 청산, 경제 번영, 미국에 대한 국가적 자존심 확립 등등, 그야말로 말만 들어도 군침이 도는 메뉴들 때문이기도 할 것이다. 그러나 다시 생각해보면 흥분의 원인이 딱히 그 메뉴들 탓만은 아닌 것 같다.

군침 도는 그 메뉴들 중 부패 청산이나 낡은 정치 청산만 두고 보더라도 그것들이 사실은 이미 부패되고 낡은 메뉴라는 것을 모를 유권자는 없다. 후보들 간에 서로 상대방을 부패 세력, 낡은 정치세력으로 몰아붙이는 것이, 마치 지나간 냉전시대에 남과 북이 서로를 괴뢰집단이라고 우기던 일을 연상하게 해서 흥분은커녕 군침이 제대로 돌기도 전에 미리 입맛을 버리는 이들이 적지 않을 것이다. 국가적 자존심도 경제번영도 그것들이 그렇게 쉽지 않다는 것을 모를 사람은 이미 없다.

어떤 이들은 또 이번 대선을 냉전세력화냐 민주세력화냐에 관심을 모으며 기대를 갖기도 한다. 그러나 부패나 낡은 정치에 대해서처럼 어느 후보도 냉전세력임을 자처하는 후보는 없다. 어느 후보도 국가적 자존심을 지키지 않겠다고는 말하지 않는다. 후보자들의 그런 태도는 일단 유권자들의 판단을 흐리게 하는데, 판단을 흐리게 하는 것을 결정적으로 돕는 것이 지역감정이라는 악령이다. 지역감정은 똥파리도 씩씩한 새로 보이게 만든다. 우리나라 국회나 민선 자치단체장들 속에는 그런 지역감정의 하수구에 길든 똥파리들이 너무 많다.

후보들도 말로는 그 지역감정을 청산하자고 입을 모은다. 그러면서도 사실은 오로지 그것 하나 믿고 선거에 임하는 똥파리 같은 후보도 없지 않다. 이번 대선을 앞두고 많은 국민들이 흥분을 못 감추는 이유는 그 지역감정 해소에 대한 기대감을 못 감추기 때문이라는 것을 나는 안다. 그 지역감정이 흐려져야 누가 부패세력인지, 누가 냉전세력인지가 선명하게 드러날 것이다.

대선을 앞두고 죄 없는 철새들이 수난을 겪고 있다. 지역감정의 하수구에 모여든 정치철새들 탓이다. 죄 없는 철새들을 기죽이는 요즘의 정치철새들을 보면 시조시인 조운曹雲의 절창「구룡폭포九龍瀑布」생각이 난다. 금강산의 구룡폭포라는 아름답고 격정적인 폭포 앞에서 시인은 풀잎 끝에 한 방울 이슬로 맺혀 있다가 그 격정, 그 감격의 폭포 속으로 휩쓸리듯 뛰어들고 싶어한다.

사람이 몇 생이나 닦아야 물이 되며 몇 겁劫이나 전화轉化해야
금강金剛에 물이 되나 금강에 물이 되나

샘도 강도 바다도 말고 옥류玉流 수렴水簾 진주담眞珠潭과 만폭동萬暴洞 다 그만두고 구름 비 눈과 서리 비로봉 새벽 안개 풀 끝에 이슬 되어 구슬구슬 맺혔다가 연주팔담連珠八潭 함께 흘러

구룡연九龍淵 천척단애千尺斷崖에 한번 굴러보느냐
　　　　　　　　　　　　　　　 ― 조운의 「구룡폭포」 전문

식민지시대에 쓰여진 이 시조에서 폭포는 혁명이나 조국해방과 같은 역사적 감격을 상징하고 있다. 그 역사적 감격 속에 티 없는 한 방울 이슬로 뛰어들어 섞이고자 하는 시인의 꿈은 실로 그 어느 폭포보다도 어느 혁명보다도 아름답다. 이슬로

맺히고 싶은 조운 시인의 이러한 꿈은 아무런 댓가도 바라지 않고 역사를 위하여 열과 성을 다하는 순결하고 아름다운 유권자들을, 그리고 지역감정의 하수구에서 먹이를 찾아 퍼덕거리는 음험한 정치철새들을 동시에 생각나게 하는 것이다.

어쩌면 이번 선거는 그 지역감정의 하수구에 집단적으로 날아든 철새들을 한꺼번에 싹쓸이할 다시없는 기회가 될지도 모른다. 그날이 기다려진다.

금연과 핑계

　지난해 연말부터였으니까 제가 담배 끊은 지도 그럭저럭 햇수로는 2 년째, 달로는 석 달째, 날수로는 오늘로 38 일째 됩니다. 그런대로 금연에 성공할 수 있는 기미가 보인다고 여기실지 모르지만 사실은 전혀 그렇지 못합니다. 담배를 끊는 건지 굶는 건지 쉬는 건지 아직도 자신 있게 밝힐 수가 없고, 만나면 안 될 사람, 그래서 만나지 말자고 다짐해보는 사이일수록 더 보고 싶어지는 것처럼 담배 안 피우는 동안 하루 한 시 담배 피우고 싶지 않은 때가 없습니다.

　보고 싶은 사람도 못 만나고 사는 세상에 그까짓 것쯤 못 끊으랴 싶어서 금연을 결심하는 이들 치고 금연에 성공하는 일이 드문 것 같습니다. 보고 싶은 사람을 못 만나는 고통과 열정과 안타까움, 그것이야말로 금연 실패의 중요한 원인일 것이기 때문입니다. 담배는 이 세상의 모든 고통과 그리움과 열정과 초조와 갈등과 슬픔과 분노와 안타까움 같은 것들을 먹고 사는 식물인지도 모릅니다.

금연에 성공하는 사람은 상족도 못할 만큼 독한 사람이라는 말이 있습니다. 그래서인지 우리는 주변에서 금연에 실패한 사람을 보면 안타깝다기보다는 일단 맘이 놓이고 그 사람에게 친근감이 느껴집니다. 금연에 성공했다는 이들을 만날 때 느끼는 실망감이나 인간적 거리감과는 좋은 대조를 이루는 이러한 친근감의 곁에는 그 고통이나 그리움이나 분노나 열정에 대한 공감이 항상 자리를 차지하고 있기 때문일지도 모르겠습니다.

부부싸움이 잦으면 금연을 못한다는 말도 있습니다. 사실이기도 하겠지만 엄밀히 말하자면 그건 금연 실패의 원인은 아닙니다. 핑계죠. 물에 빠진 소년을 구해낸 개, 누렁이에 관한 신문기사를 읽고 그 동화가 실현된 감동 때문에 끊었던 담배를 다시 피웠다던, 그리고 그 기사가 꾸며낸 것이라는 다음날 신문기사를 읽고 다시 담배를 한 대 더 피웠다던 황순원 선생님의 시가 떠오릅니다. 황순원 선생님으로 하여금 끊었던 담배를 거듭 피우게 만든 그 신문기사들도 사실은 금연 실패의 아름다운 핑곕니다.

하루 한 시 담배 피우고 싶지 않은 때가 없는 저로서도 요즘 그런 핑계에 굶주려 있습니다. 담배 참고 지내는 신경질 속에는 황순원 선생님의 경우처럼 감동이나 실망에 대한 반응이 유별날 것이라고 넉넉히 짐작은 합니다. 부시의 연두교서에 접하면서 저는 요즘 그 신경질이 폭발 직전에 있습니다. 조지고 부시는 일에 이골난 부시네의 그 가계적 물림은 한국전쟁뿐만 아니라 미국이라는 나라가 수세기 동안 지구상에 저질러온 만행들을 상징적으로 드러내보이는 것만 같습니다. 조만간 한반도에 찾아올 부시가, 조지고 부시는 그 가계적 물림을 뉘우치고 180도 태도를 바꾼다면 그 때 저는 황순원 선생님처럼 끊었던 담배를 다시 피우게 될지도 모르겠습니다. 그런저런 핑계들이 그립습니다.

새 정권에 바란다

언론개혁, 정치개혁, 재벌개혁 등등 요즘 빈번히 거론되는 것들 중에서 하나라도 제대로 이루었으면 하는 이들도 더러 있기는 하지만 나로서는 그것들이 모두 강물 흐르듯, 강물 중에서도 거센 강물 흐르듯 이루어지기를 간절히 바라고 있다. 새 정권에 대한 기대가 너무 많은 게 요즘의 내 걱정이다. 그런 걱정 속에 그것들보다 더 근본적인 걱정이 하나 있다. 우리나라의 정통성에 관한 것이다.

'50년대나 '60년대까지만 해도 남북이 서로 상대방을 괴뢰집단이라고 했다. 북한괴뢰집단 혹은 북괴라 하지 않고 맨이름으로 그냥 북한이라고 하게 되면 마치 대단한 불온분자처럼 느껴지던 시대였다. 남조선 괴뢰도당이라 하지 않고 그냥 남조선이라고만 하는 소릴 어쩌다 듣게 되면 귀를 의심해야 했던 시절이었다. 그 무렵에 함석헌 같은 이는 서로 상대를 괴뢰집단이라고 우기는 우리나라는 실질적으로 남북 모두 괴뢰집단 아니냐면서 민족적 각성을 촉구하기도 했었다. 양비론이긴 했지만 요즘 횡행하는 무책임하고 비겁한 양비론과는 그 느낌이 사뭇 달랐다.

남북이 서로 실체를 인정하면서 동시에 유엔에도 가입하고 7.4 공동성명이나 6.15 공동선언이 있었던 지금은 어떤가. 지금도 조선에서는 대한민국(한국)을 한사코 남조선이라 하고 한국에서는 조선민주주의인민공화국(조선)을 기필코 북한이라고 한다. 서로 상대방을 독립된 주권국가로 인정하지 않겠다는 것이 그 일차적 의지로 느껴진다. 그것은 통일한국, 혹은 통일조선의 꿈이 완강하게 대립되어 있는 현실을 넉넉히 짐작하게 하는 호칭들이기도 하다. 서로 상대방을 조선이나 한국으로 불러주어야 통일이 빨리 오지 않겠는가 하는 생각도 나는 가끔 해본다.

조선이든 한국이든 따지고 보면 사실 그게 그렇게 자랑스러운 이름들은 아닌 것 같다. 조선은, 옛 이름을 내세워 물불 안 가리고 쿠데타의 필연성과 국가적 정통성을 우선적으로 확보하려던 이성계적 안간힘의 재판再版 같고, 한국은 또 조선조 말 단명했던 대한제국大韓帝國의 비운悲運과 그 초라함을 연상시키는 이름이다. 마한 진한 변한을 아우르는 '대한大韓', 상해 임

시정부로 옮아가 대한민국이 된 그 이름은 김구를 암살한 이 승만에 의해서 그나마 유지되던 국가적 정통성이 또 얼마나 변질 왜곡되었던가.

애당초 대한제국은, 청나라의 눈치를 보면서도 옛 명나라를 섬기던 조선왕조가 청나라의 몰락이 확실해진 청일전쟁 이후 명나라의 국가적 정통성을 이어가겠다는 명분으로 급조한 이름이었다. 김옥균 박영효 서재필 등이 주장했던 '청나라로부터의 독립'이 명분상 실현된 셈인데, 청나라의 몰락이 예고된 상황에서 대한제국은 그야말로 식은 죽 먹듯 챙겨 본 허명이다. 그런 식으로 굳이 독립을 선언하지 않았더라도 청나라는 이미 아무런 영향력을 행사할 수 없는 상황이었다. 일본의 입장에서는 대한제국의 수립을, 어차피 망할 나라의 마지막 불꽃놀이 정도로 여겼을 것이다.

어떤 사가들은 대한제국의 성립에 관하여 민비 시해사건이 그 직접적 동기가 되었다는 의견을 개진하기도 한다. 왕이나 왕비가 비정상적으로 죽었을 때 그 죽음의 원인을 규명하고 범인을 밝혀 처형한 뒤에 국상을 치르는 것이 정상적인 국상 절차였다고 한다. 고종은 아내의 장례식을 2년이 넘도록 미루고 있었다. 장례식을 미루고 있는 동안, 왕비시해사건의 원인을 규명하고 범인을 색출하여 처형하기는커녕 일본에 의하여 가짜 범인들만 억울하게 처형되고 진범들은 일본 법정에서 무죄석방되는 일들이 태연하게 진행되고 있었다. 나라와 국왕과 남편과 가장의 자존심이 그렇듯 참담하게 짓밟히는 상황 속에서 고종은 죽은 아내의 원혼을 달랠 길이 없었다. 고종의 입장에서 짓밟혀버린 그 자존심들을 되찾고 아내의 원혼을 달래어 국상을 치를 수 있는 유일한 방법이 대한제국의 건립이었다. 처참하게 죽어 불에 타버린 왕비는 이런 곡절을 거쳐 시해당한지 3년 만에 그 타다 남은 뼈조각 두어 개와 함께 대한제국의 황후로 매장되었던 것이다.

대한제국은 민비의 국상을 치르기 위한 명분으로 그처럼 급조된 국호였을지도 모르지만. 식민지시대의 항일투사 김구가 상해 임시정부를 대한민국이라는 이름으로 내걸었던 까닭은 아마도 그 이름에 얽힌 일본에 대한 우리의 민족적 분노와 원한의 불씨를 되살리고 싶어서였을 것이다. 우리나라를 식민지화하는 과정에서 공권력을 동원하여 일본이 저지른 원죄, 왕비시해라는 그 세기적 만행을 대한민국이라는 이름을 통하여 새롭게 환기시키고 싶었던 것이 김구의 속셈이었을 것이다.

해방공간에서 김구는 동아일보에 의해서 빨갱이로도 몰리고 국제 테러리스트로도 몰린다. 당시 동아일보 사장이던 김성수는 한민당 당수이기도 했다. 이승만의 단독정부 수립과 그의 친일 친미를 돕기 위한 김성수의 그러한 행보는 김구를 점점 더 빠져나오기 어려운 궁지로 몰아넣고 있었다.

조국의 분단을 막기 위하여 삼팔선을 넘나들며 몸을 던지던 김구, 항일과 반외세의 독립국가를 이루려던 김구의 꿈을 무참히 짓밟아 단독정부를 수립해버린 이승만은 마침내 김구를 암살하고, 항일의지의 표상으로 김구가 내세웠던 대한민국이라는 이름으로 친미, 친일정권을 세워 오늘에 이르게 되었다.

　사람들이 새 정치를 기대하고 있는 요즘, 나라 이름을 새삼 문제삼는 것은 그 동안 일본과 이승만과 김성수 등에 의해서 짓밟힌 대한민국의 꿈, 김구의 꿈을 다시 환기하고 싶어서다. 대한민국, 그 시작은 비록 원통하고 슬프고 초라했을지라도, 아직도 국가적 자존심이 외세에 의하여 수시로 짓밟히고 있을지라도, 지금의 민주당이 비록 한민당을 그 뿌리로 삼고 있을지라도 그 구겨진 자존심과 정통성을 회복하기 위한 역사적 디딤돌이 되어주기를 새 정권에 기대한다.

참여정부의 꿈수

사실과 다를 수도 있겠지만, 노 당선자의 측근 중 누군가가 대북송금관계를 의도적으로 언론에 퍼뜨려 대통령 취임 전에 그 일에 관한 정치적 부담을 털어내려고 했다는 말들이 돌아다닌다. 우연의 일치인지, 밝힐 것은 다 밝혀야 한다는 노 당선자의 말이나 밝힐 것은 밝히고 특검제로 가자는 노 당선자 측근들의 태도로 미루어 볼 때 요즘 떠도는 말이 반드시 떠도는 말만은 아닌 것 같기도 하다.

'밝힐 것은 밝혀야 한다'는 말은 밝히지 말아야 할 것도 있다는 말인가. 그러나 불행하게도 그것이 밝힐 것과 밝히지 말아야 할 것을 구분하자는 말 같지는 않다. 그것은 아무래도 요즘 문제되고 있는 대북송금문제를 '밝힐 것'으로 전제삼아 하는 말 같다.

그게 과연 지금 '밝힐 것' 인가? 밝힐 것과 밝히지 말아야할 것들을 구분하지 못하고 다 밝히려 덤비는 나라가 지구상에 어디 있는가. 누구 좋으라고 하는 짓인가. 똥 된장 구분 못하고 다 밝혀야 하는 것이 동서화합이고 개혁이고 상식이고 원칙이고 소신인가.

원칙과 소신은 자기희생을 감수할 때 빛난다. 원칙과 소신이 자기방어적인 것일 때 그것들은 꼼수가 되어 무참하게 빛을 잃는다. 자기희생을 감수했던 노무현의 원칙과 소신은 빛나는 노사모를 만들었고 자기방어적이었던 이회창의 원칙과 소신은 참담한 낙선을 가져왔다. 밝힐 것은 밝히자는 요즘의 노 당선자측의 원칙과 소신은 자기희생적인가 자기방어적인가 절망적인 꼼수인가 .

지난 대선기간 내내 DJ의 자산과 부채를 모두 물려받겠다고 공언하고 다니던 노무현이었다. 그런 발언의 배경에는 YS의 인형을 불사르던 이회창적 꼼수를 꼬집고 싶은 네거티브적 충동도 한몫 거들고 있었을 것이다. 그럼에도 불구하고 아들들의 비리로 DJ의 인기가 바닥을 치던 그 무렵에 노무현의 정치적 신념과 자신감을 느끼게 하던 그 발언은 그의 정치적 상표였던 '원칙과 소신' 을 한층 돋보이게 했었다.

누가 대통령이 되든 다음 대통령은 전직 대통령의 자산과 부채를 어차피 물려받을 수밖에 없다. 문제는 무엇이 자산이고 무엇이 부채인가를 제대로 가려서 물려받는 것이다. 개 눈에는 밥이 똥으로 보이고 똥이 밥으로 보인다듯이 역사관이나 세계관의 차이에 따라 자산이 부채로 느껴지기도 하고 부채가 자산으로 보이기도 하는 법이다.

대북송금파문은 한반도의 화해무드나 동북아구상을 어떻게든 냉전체제로 되돌려 이지스함등을 팔아먹으려는 부시에게는 어떻게든 큰 도움이 될 것이다. 대북송금문제, 그것은 DJ가 남긴 부채가 아니라 DJ가 우리 민족과 함께 안고 있는 고통스럽고 소중하고 아름다운 자산이다. 알부민이나 로얄제리처럼 평상온도에서는 금방 상해버리기 때문에 꽁꽁 냉동보관을 해야 하는 그런 자산이다. 그것은 우리의 정치적 경제적 군사적 예속상태에서 최소한의 국가적 자존을 확보하여 동북아시대의 주역으로 발돋움하고자 하는 우리의 숨은 몸부림이다.

YS의 인형을 불지르던 이회창씨가 YS의 부채로부터 과연 자유스러워졌던가. 소중한 자산을 부채로 여기고 그것을 서둘러 털어내려는 노 당선자측의 어이없는 꼼수로는 어쩔 수 없이 미국의 이지스함등을 사들여야 하는 변방국가의 굴레를 벗어나기 어렵다. 우리나라가 언제 국가적 자존과 정통성을 지닌 적이 있었던가. 노무현의 당선과 더불어 동북아구상과 더불어 대한민국은 건국 후 처음으로 국가적 정통성을 다잡을 수 있는 기회를 맞고 있다. 노 당선자 측근들, 그리고 대통령직

인수위원회는 자산과 부채를 제대로 가릴 줄 아는 역사적 식견을 먼저 인수받아야 한다.

정권과 원죄

　홍명희의 명저 『임꺽정』에는 통돼지를 모닥불에 구워먹는 송도(개성)의 풍속이 소개되어 있다. 모닥불에 익은 그 돼지고기를 송도 사람들은 '성계육'이라는 이름으로 뜯어먹는다. 송도사람들이 다투어 뜯어먹던 그 '성계육'은 위화도 회군으로 비롯된 이성계적 배신을 두고두고 씹어먹고 싶은 민중적 앙갚음일 것이다.

　위화도 회군은 이성계의 원죄다. 조선왕조는 제 발이 저려서 나라가 망할 때까지 그 역모 컴플랙스에서 헤어나지 못했다. 툭하면 역모사건이 불거지고 그 일로 수많은 사람들이 죽고 귀양가고 했다. 실제로 있었던 역모사건보다 권력다툼으로 날조된 역모사건이 훨씬 많았으리라 여겨진다.

여운형 김구 등을 암살하고 반공의 깃발로 친미 단독정부를 세워 분단을 고착화시킨 이승만 정권의 원죄는 암살쯤 되나? 친미쯤 되나? 박정희 군사쿠데타의 원죄를 대물림하기 위하여 전두환은 광주학살을 저질렀고 노태우의 삼당야합은 그 원죄들을 희석시킨 김영삼 정권의 원죄로 대물림된다. 정권교체를 위하여 자민련과 공조했던 김대중 정권도 마찬가지로 그 원죄의 희석효과에 적잖게 기여한다.

문민정부니 국민의 정부니 참여정부니 하면서 부지런히 옷들을 갈아입고는 있지만 곰곰 새겨보면 그들은 한결같이 또 다른 원죄를 덧씌워 이성계를 이승만을 박정희를 대물림했을 뿐이다. 그 원죄들은 모두 우리 역사와 민족의 뒷덜미에 꽂히는 배신의 칼날들이었다

신라의 삼국통일 이후 오늘에 이르도록 대한민국은 강대국의 속국 아닌 때가 거의 없었다. 그 속국의 정권을 유지하기 위한 으뜸 조건이 강대국에 눈높이를 맞추는 일이고, 그 다음에 개발된 것이 역모를 날조하여 권력유지의 걸림돌을 제거하는 것이고, 그리고 최근에 개발된 것이 지역감정이라는 구더기탕에 눈높이를 맞추는 일이다.

대북송금 특검을 음험하게 유도하여 용감하게 수용해버린 노무현정권은 그 구더기탕 눈높이를 맞추기에 성공했노라고 자평하면서 표정 감추기에 애를 쓰고 있는 것 같다. 참여정부 정무수석의 말에 의하면 대북송금특검수용이 한나라당을 위

하여 노무현정권이 보낸 특별 선물이라고 한다. 아무리 표정을 감추더라도 부시 눈높이와 영남 눈높이를 동시에 맞추어 꿩 먹고 알 먹고 걸림돌까지 제거하려는 그 속내가 다 드러나고 있다.

대북송금특검수용, 그것은 우리 역사의 뒷덜미에 꽂힌 배신의 칼날이다. 그것은 더러운 눈높이들에 맞추어 민족의 장래와 자존심, 동북아시대와 민족화합, 동서화합과 노무현정권의 바탕을 한꺼번에 치명적으로 까먹은 원죄다. 치욕적 외교나 신당창당도 모두 그 원죄와 긴밀한 고리를 형성하고 있다. 문민정부 국민의 정부를 대물림하여 참여정부가 저지른 원죄, 그 잘못 끼워진 첫 단추는 두고두고 이 나라를 괴롭힐 것만 같다.

우리에게는 아직도
독립기념일이 없습니다

8 · 15, 일본이 무조건 항복을 선언한 날, 이차세계대전에 참전했던 연합군의 승전기념일, 이 날을 우리는 광복절이라고 합니다. 흔히들 광복과 해방을 같은 뜻으로 쓰기도 하지만, 이 날이 우리 민족의 해방이나 광복과는 거리가 먼 날이라는 사실을 흉탄에 쓰러지기 훨씬 전부터 백범선생은 깨닫고 있었을 것입니다.

8월 6일, 히로시마에 원폭을 투하한 미국은 나흘 후인 8월 10일, 38선을 그어 조선의 임시적 분할점령을 소련에 제안하고 소련은 이를 가볍게 수락합니다. 한반도 분단과 한국전쟁의 단초를 제공한 삼팔선은 그러나 임시적 분할선이 아니었지요. 그것은 한반도 북부지역에서 일본군과 교전중인 소련군의 남진을 일단 막아둠으로써 2차세계대전 이후의 냉전구도에 대비하기 위한 미국의 면밀한 계획의 결과물이었습니다. 당시 만주를 거쳐 한반도 북부에서 일본군과 교전하던 소련군이 미국의 38선 분할점령 제안을 거부하고 계속 남하할 것에 대비해서 미국은 서둘러 부산에 미군을 진주시킬 계획까지 세워 트루만 대통령의 재가까지 받아둔 상태였습니다.

청나라로부터 독립하기 위하여 독립당을 만들고 독립신문을 찍어내고 태극기를 만들었던 김옥균과 서재필과 박영효의 나라, 그 청나라로부터의 독립이 실현되기도 전에 갑오농민전쟁을 겪고 독립만세를 외치던 백성들이 죽고 독립군들이 이 나라에서 마적떼로 화적패로 몰려 토벌당하다가 맞이한 그 8 · 15는 그러나 독립과는 너무나 거리가 멀었습니다.

나라를 분단시키는 단독정부를 세운다면 삼팔선을 베고 죽겠다던 백범선생이 빨갱이로 몰리고 암살당하고 한국전쟁을 겪고 삼팔선 대신 휴전선이 생기고 그리고 50 년, 실로 반백년도 더 지나서 사람들은 우리에게 아직도 독립기념일이 없다는 것을, 대한민국이 독립국이 아니라는 것을, 독립은커녕 광복은커녕 일본으로부터 해방이 되기도 전에 우리나라는 미리 분할점령부터 당했다는 것을 8 · 15를 맞이할 때마다 형광등처럼 뒤늦게 그리고 침통하게 깨닫고 있습니다.

전시작전권도 없는 우리나라 대통령이 자주국방을 좀 해보자고 광복절 기념연설을 합니다. 주한미군철수를 가시화하는 위험천만한 발언이라고 수구정당들이 게거품인지 개거품인지를 짓씹으며 성토합니다. 그 자주국방이 부시의 무기를 사주어야 하는 궁여지책이 아니기를, 수백 년 묵은 독립의 꿈을 이루기 위한 몸부림이기를 쓸쓸히 바랄 뿐입니다.

곯은 씹에 젓국 치듯

김영춘 시인께

실로 오랜만에 새벽편지를 씁니다. 엊그제 월례토론회 때 만날 뻔했다가 못 만났군요. 앞니를 다섯 대나 뽑고, 그 후유증으로 밖에 나가질 못했습니다. 요즘은 또 곯은 씹에 젓국 치듯, 독감을 앓고 있습니다.

곯은 씹에 젓국 친다는 말, 그게 무슨 말인지 잘 못 알아듣는 이가 많던데, 우리 김영춘 시인도 혹시 처음 듣는 말은 아닌지요? 엎친 데 덮친다든지 설상가상이라든지 하는 말을 보다 절망적으로 보다 처연하게 체험적으로 해보는 좀 유식(?)한 말에 속합니다. 짐작하거니와 그 말은 아마도 화류계에서 자주 쓰이던 말이 아니었나 싶습니다. 유식하다는 표현은 그 말을 모르는 이들이 많은 점을 감안해서 짐짓 해보는 말이죠. 어쨌

든 지난번 노골적으로 무식하게 첫눈이 내린 뒤에, 그 노골무
식한 맛을 더 즐기기라도 해야겠다는 듯이 눈이 또 무지무지
내리고 있습니다. 지난번 충격에서 아직 벗어나지도 못한 판
에, 그야말로 곯은 섞에 젓국 치는 격이죠.

　재작년 겨울쯤이었던가요. 이병초 시인이 내 홈피에

"동네 사람덜, 눈이 좆나게 와부렸네요,"
눈이 또 내린 다음날 아침,
"어저끄 온 눈은 좆도 아니구만요,"
또 눈이 내린 그 다음날 아침,
" 인자 우리동네는 좆돼야부렸습니다."

　했더라는 어느 눈 내리는 마을 이장님의 새마을방송을 소개
한 일이 있었는데, 오탁번 시인은 또 그 새마을방송을 그대로
시로 만들어서 시안 겨울호에 실렸던데,

　　삼동三冬에도 웬만해선 눈이 내리지 않는
　　남도南道 땅끝 외진 동네에
　　어느 해 겨울 엄청난 폭설이 내렸다
　　이장이 허둥지둥 마이크를 잡았다
　　— 주민 여러분 삽 들고 회관 앞으로 모이시오잉
　　눈이 좆나게 내려부렸소잉

이튿날 아침 눈을 뜨니
간밤에 또 자가웃 폭설이 내려
비닐하우스가 몽땅 무너져내렸다
놀란 이장이 허겁지겁 마이크를 잡았다
— 워메 지랄나부렀소잉
어저끄 온 눈은 좆도 아닝게 싸게싸게 나오시요잉

왼종일 눈을 치우느라고
깡그리 녹초가 된 주민들은
회관에 모여 삼겹살에 소주를 마셨다
그날밤 집집마다 모과빛 장지문에는
뒷물하는 아낙네의 실루엣이 비쳤다

다음날 새벽 잠에서 깬 이장이
밖을 내다보다가 앗! 소리쳤다
우편함과 문패만 빼꼼하게 보일 뿐
온천지가 눈으로 뒤덮혀 있었다
하느님이 행성만 한 떡시루를 뒤엎은 듯
축사 지붕도 폭삭 무너져내렸다

좆심 뚝심 다 좋은 이장은

윗목에 놓인 뒷물대야를 내동댕이치며
우주의 미아가 된 듯 울부짖었다
— 주민 여러분, 워따 귀신이 곡허겄당께
인자 우리 동네 몽땅 좆되야부렸소잉

— 오탁번의 「폭설」

　폭설로 인한 참상이 이렇게 농담도 되고 시가 되기도 했던
가본데, 퍼붓는 폭설의 이 노골무식한 행패를 한겨울의 당연
한 정취쯤 여기며 눈이 더 내리기를 기다리는 나 같은 철없는
이들도 있기는 있나보던데,
　지칠 줄 모르는 눈보라를 창 너머로 건너다보면서, 지칠 줄
모르고 절망적으로 눈을 기다리는 이들을, 눈에 묻혀 사라진
길을 열던 노래 속의 빨치산을, 눈보라치는 고속도로에서 길
막혀 오도가도 못한다는 이들을, 지척이 천리인 듯 오도가도
못하고 서로 보고만 싶은 이들을 생각합니다. 내 이빨 무식하
게 뽑아내던 치과의사를, 내 숨 막히거나 말거나 입안에 고이
는 핏물을 한사코 씻어내던 간호사를, 노골무식한 변강쇠를,
밤에 황제와 잠자리를 즐기고도 욕정을 삭일 길이 없어 낮이
면 사창가에 찾아가서 스스로 매음을 하고 사창가의 문이 닫
힌 뒤에야 환궁했다던, 지칠 줄 모르던 로마의 황녀 메살리나
를 생각합니다. 자살한 농민들을, 맞아죽은 농민들을, 농협에
서 빚낸 돈으로 홍콩까지 건너가서 두들겨 맞는 지칠 줄 모르

는 그 절망을 생각합니다. 지칠 줄 모르고 퍼붓는 눈보라를 보고 있노라면 그 절망들이 모두 너무 가까이 있는 것만 같은 처연한 착각에 사로잡히곤 합니다.

눈에 젖을 듯 펑펑 내리는 눈도, 바라보는 눈길이 아프도록 휘날리는 눈보라도, 곯은 씹에 젓국 치듯 하는 이 세상의 온갖 쓰라림도 견디다 보면 처연悽然한 힘이 된다고, 오늘 밤에도 호남에는 지칠 줄 모르고 눈이 쏟아집니다. 우리 김영춘 시인도 혹시 저 눈보라를 바라보고 있나요?

2부

전주천과 담배와 해오라비와

　30년 넘게 전주에 사는 동안 나이 드신 분들이 자주 모이는 다방이나 기원, 혹은 무슨 기념식이나 강연회 같은 데에 가게 될 때면, 인사를 나누는 사이는 아니면서도 피차 어느 정도 알고 있는 낯익은 이들이 더러 있다. 인사를 나누게 된다면 금세 친해질 것 같은 사람들, 나에게 있어 전주의 이런 저런 명소들은 언제부턴가 그런 정도의 낯익은 사람들에게서 느끼는 것과 비슷한 거리감과 아쉬움과 친화감이 범벅이 되어 있는 곳들이기도 하다.

　전주에 사는 동안 전주의 명소들이 어떤 곳인가를 알기 위하여 나는 단 한 번도 일부러 이곳저곳을 기웃거려 본 일이 없다. 그런 일은 관광객들의 몫이거니 싶기도 했고, 또 일부러 기웃거리지 않더라도 필요하다면 언제든 알아볼 길이 얼마든지 있지 않겠느냐는 게으름이 한 몫 거들기도 했을 것이다. 무슨 행사나 누구를 만날 일이 있거나 해서 가보면 거기가 바로 오목대나 덕진이나 왕릉이나 경기전이나 한벽루 근처였고 또 가까운 등산길을 택하다 보면 기린봉이니 남고산성이니 고덕산이니 황방산 같은 데를 오르내리게 되곤 했다. 남문이나 객사 근처를 지나칠 때도 그저 여기가 고도니까 저런 게 있나보다 싶었고 동문 네거리나 서문교회 앞에서도 이름만 남은 동문 서문이 별로 안타깝지도 않았다. 나는 그런 곳에 가게 될 때마다 발길을 멈추고 거기 세워져 있는 안내문들을 읽어본 적이 없다. 거기 기록되어 있을 내용들이 별로 궁금하지도 않았고 읽어본들 금세 잊어버릴 게 뻔하기 때문이다. 그런데도 나는 그 안내판들에 적혀 있을 내용들을 그 동안의 귀동냥 덕으로 대충은 알고 있다.

　나는 아직껏 전주에 사는 것을 남에게 자랑삼아본 일도 없고 그렇다고 그것을 부끄럽게 여긴 일도 없다. 꼭 전주에서 살아야겠다는 남다른 집념이 있어서가 아니라 그냥 직장 따라 전주라는 데에 와서 그럭저럭 이제껏 눌러앉아 살게 된 것이다. 전주가 조선의 연원지라고 하는데, 나는 지금도 조선이라는 나라를 별로 좋아하지 않는 편이다. 내가 조선이라는 나라를 탐탁찮게, 혹은 부끄럽거나 야속하게 여기는 이유는 어쩌면 군신유의니 부자유친이니 형제우애, 붕우유신 등등 삼강오

륜의 그 어느 덕목 하나 제대로 갖추지 못한 그들 쿠데타의 주역들과 그 후예들이 끝끝내 그 삼강오륜을 깃발처럼 내세우는 뻔뻔함 때문일지도 모른다. 그리고 도둑이 제 발 저리듯 툭하면 역모죄라는 걸 헌 칼처럼 내둘러 수시로 억울한 떼죽음을 양산하던 일 등등, 하여튼 이 자리에서 그 이유를 분명하게 따져볼 일은 아니지만 그런 비슷한 이유들 때문일 것이다.

전주가 조선의 연원지라는 사실이 전주에 사는 나로서는 문득문득 맘에 걸린다. 그 동안 몸에 익힌 전주의 이런저런 풍광을 나도 모르게 좋아하게 된 때문일 것이다. 전주의 여러 풍광 중에서도 나는 지금껏 전주천변의 풍광을 제일 좋아한다. 북쪽으로 머리를 두르고 흐르는 이 전주천 때문에 전주는 오랜 세월 반역의 땅이라는 낙인이 찍혀 있었고 그런 이유 때문에 전주 사람들이 제대로 나라의 벼슬길에 오르지 못했다면서 그 반역의 실례로 정여립을 거론하는 이들이 지금도 더러 있다. 전주천이 역천지수逆天之水요, 그래서 전주가 그들 말대로 반역의 땅이라면 그 실례로 거론되어야 마땅했을 인물은 정여립이 아닌 이성계라야 말이 된다.

계급질서가 완고하던 시대에 양반과 평민을 구분하지 않고 함께 대동계를 만들어 힘을 모아 왜구로부터 나라를 지키려던, 그리하여 모두 함께 잘 사는 대동세상大同世上을 이루려던 정여립의 꿈은 정말 반역이었을까. 백성들의 꿈을 짓밟고 기축옥사를 날조하여 일천 명이 넘는 무고한 목숨을 빼앗아간 역사가 정의였을까. 전주를 근거삼아 곳곳에 집강소를 만들어 만민평등의 꿈을 실현하고자 했던 전봉준, 손화중, 김개남을 비롯한 갑오농민전쟁 주역들의 행적과 이 지역의 항일운동들이 다 반역인가 그들을 처형하고 감옥에 보냈던 일이 아직도 정의인가. 80년대를 휩쓸던 이 지역의 민주화운동, 이 나라의 민주화와 조국통일을 위하여 목숨을 바친 이세종, 조성만 열사들의 죽음이 모두 반역인가. 그런 것들이 다 반역이라면 역천지수라는 이름을 얼마든지 자랑삼겠다는 듯이 전주천은 오늘도 북으로 북으로 도도히 흘러가고 있다.

1970년 가을, 내가 처음 전주로 직장을 옮긴 데가 다가교 건너 전주천변에 자리잡고 있는 신흥고등학교였다. 기독교 신자가 아니었던 나는 기독교 분위기의 학교 생활에 잘 적응하지 못했다. 그 중 힘들었던 게 학교 안에서 담배를 피우지 못하는 것이었다. 당시 신흥학교 선생님들 중에는 나 말고도 담배를 피우는 이들이 여럿 있었고 학교 안에서 몰래 담배를 피우는 데가 몇 군데 있다는 것을 모르는 바는 아니었지만 그해 가을, 나는 틈만 나면 자전거를 끌고 교문을 빠져나와 학교 바같에서 맘 놓고 담배를 피우다가 수업시간에 딱 맞추어 부랴부랴 교실로 직행하곤 했었다.

고등학교 학생 시절에 나는 몰래 피우는 재미가 없으면 그게 무슨 맛이겠느냐 싶어서 학교만 졸업하면 담배를 끊으리라

맘먹었던 적이 있다. 신흥학교 재직 시절에도 나는 그 비슷한 생각을 좀 했었다. 직장을 유지하기 위하여 담배를 끊는 것은 치사한 일 아니냐, 뭐 그런 비슷한 치기를 두르고 살았던 것 같다. 하여튼 그 무렵 나는 틈만 나면 일삼아 담배를 피우러 학교 바깥으로 나가곤 했다. 밖으로 나가면 곧장 아무데서나 담배를 피웠지만 그 아무데라는 곳들이 대개 전주천변이었다. 당시의 전주천변은 지금과는 달리 좁고 비포장이었고 한적했다. 대개는 학교 바로 앞 다가산 근처에서 담배를 피웠지만 시간이 좀 넉넉할 때는 한벽루 근처까지 거슬러가거나 서신교 아래까지 내려가곤 했다. 담배를 핑계삼아 그 가을 내내 자전거를 타고 전주천변의 풍광을 나는 만끽했던 것이다.

전주로 직장을 옮길 때 나는 문단의 새내기였다. 박목월 서정주 천이두 박재삼 이동주 김상옥 김윤성 등등 선배 문인들이 과작의 내 시들에 대해서 분에 넘치는 관심을 보여주던 무렵이었다. 나에 대한 문단의 그런 관심이 채 여물기도 전에 10월유신이 닥쳤고 나는 「끝」이라는 시를 내심 마지막 발표작으로 여기면서 시를 쓰는 일이 자꾸 하찮게만 여겨졌다.

> 못 참게 가려워서
> 눈 부비면
> 눈 부비다 눈 부비다 눈

어두워지면
늦가을
피먹는 수수깡이 보인다
시인 신동엽의 피 먹은
숨결이 보인다
매웁디매운 일상의
수수깡의 갈증이 보인다
눈 부비며 눈 부비며
생활이 세상이, 아아
새로 열리는 끝이 보인다
　　　　　　— 졸시 「끝」

　10월유신 이후 박정희가 죽을 때까지 나는 틈나는 대로 시 대신 카메라로 세상을 찍고 살았다. 그리고 신흥고등학교 지하실에 있는 암실에서 번번이 통금이 넘는 줄도 모르고 암실 작업에 매달리곤 했다. 그렇게 시를 못 쓰던 암실생활 7년 만에 처음 쓰게 된 시가 첫시집 『까마귀떼』에 실렸던 「1979년 12월의 눈」이다.

　한 해가 저물고 눈이 내린다
　무지한 한 시대의 사나운 꿈이
　수척한 손을 맞잡고 눈이 내린다

세월은 이처럼 착하고 정직한 것을
이처럼 아름답고 단순한 것을
잊어야 할 무슨 아픔이 슬픔이 더 남아서
더 더 더 아름다운 눈이 내린다

손등으로 눈을 녹이면
시리디시린 핏줄을 타고
맨살로 우는 그리움이여
맨살로 우는 그리움들은
어느 깊은 바다에 출렁이는가
어느 바다에 빠진 햇살을 건져
착하고 아름다운 눈이 되는가

눈이 내린다 보고 싶은 것들이
더 보고 싶은 눈
아름다운 것들이 더 아름다운 눈
무지한 시대의 사나운 꿈이
자꾸만 더 부끄러운 눈
아름답고 부끄러운 착한 꿈들이
시린 손을 맞잡고 눈이 내린다

— 졸시 「1979년 12월의 눈」

암실작업을 하던 틈틈이 직장을 다녔던 건지 전주천변에서 담배 피우는 틈틈이 암실작업을 했던 건지 하여튼 시를 못 쓰고 지내던 내 신흥고등학교 재직시절을 마감하던 시, 사람들이 별로 눈여겨주지 않는 이 시를 나는 전주천변을 오르내리던 내 시력의 한 이정표쯤으로 여기고 있다.

　눈물이 왈칵 쏟아질 것 같은 한벽루 근처의 냇물에 부서지는 가을 햇살, 냇물로 흘러들 듯 두근거리는 산자락의 단풍, 남문시장 근처의 수더분하고 훈훈하고 잔잔한 사람 냄새, 완산칠봉에서부터 어은골을 지나 저 아래 서신교에 이르기까지 산능선을 따라 한눈을 팔지 못하도록 사람의 눈길을 사로잡는 그 단풍과 가을 햇살들이, 아기자기하고 훈훈하고 더러는 쓸쓸하기도 한 사람 사는 자취들이 내 담배맛을 한결 돋구어 주곤 했다. 전주천변의 그 가을 풍광 때문에 직장을 옮기게 된 일이 스스로 대견스럽기도 했고 두근거리기도 했던 기억을 나는 오래오래 잊을 수가 없다.

　몇 해 전부터 나는 다행히 전주천변에 살고 있다. 삼천천과 전주천이 만나는 두물머리, 산처럼 쌓여 있던 쓰레기 더미를 치우고 새로 닦아놓은 공원 근처에 우리집이 있다. 아침저녁으로 천변을 걷는 사람들, 천변을 오르내리며 뛰는 사람들, 두루민지 해오라빈지 해누이인지 아니면 또 무슨 이름의 천연기념물인지 모를 하얀 새들이 인사는 나누지 않아도 피차 낯익다. 사람들이 걷거나 뛰거나 말거나, 나 같은 사람이 아직도 담배를 못 끊고 쿨룩거리며 맛있게 담배를 피우거나 말거나, 역천지수든 반역이든 부끄러운 역사든 모두 다 아랑곳하지 않겠다는 듯이 눈부시게 부서지는 햇살을 쪼아먹으며 낯익은 하얀 새들은 오늘도 전주천변을 한가롭게 오르내린다.

보릿고개의 이웃들

　가난한 정도를 나타내는 말 중에 '밑이 찢어지게 가난하다' 는 표현이 있다. 매우 가난하다는 말인 줄은 대개 알지만 가난하면 왜 그 밑이 찢어지는지를 자세히 알고 있는 이는 흔하지 않은 것 같다. 밑이 찢어지도록 가난한 사람들이 요즘엔 옛날처럼 흔하지 않기 때문일 것이다. 밑이라는 말은 더러 성기를 일컫기도 하지만 대개는 항문을 가리키는 말이다.

　불과 사오십 년 전까지만 해도 우리에게는 해마다 그 밑이 찢어지는 보릿고개와 나락고개라는 게 있었다. 푸성귀들이나 이런저런 열매가 익어가는 나락고개는 고릿고개보다는 덜 어려웠다. 푸성귀도 열매도 없이 오로지 보리가 익기만을 기다려야 했던 음력 이삼월 경의 그 보릿고개는 그야말로 하루하루가 굶주림과의 전쟁이었다. 풀떼죽이나 시래기죽을 먹는 사이 사이에 보릿고개의 남녀노소는 양지쪽에 간신히 돋아나는 풀들을 뜯어먹고 풀뿌리를 캐먹고 소나무 속껍질을 벗겨먹으며 늘 허기에 시달렸다. 그들은 봄을 기다리는 게 아니라 어서 보리가 익기를 기다렸다.

보릿고개의 사람들은 먹어도 먹어도 배가 고팠다. 그렇게 뜯어먹고 캐먹고 벗겨먹은 것들을 그들은 최후까지 뱃속에 담아두려고 안간힘을 썼다. '30년대에 쓰여진 소설 「적빈赤貧」(강경애작)에도 배변을 참기 위하여 깡총거리며 비틀거리며 걷는 주인공의 모습이 보이거니와 그렇게 배변을 참는 것이 보릿고개의 상식이기도 했었다. 그렇게 끝까지 참으며 버티다 보면 막판에는 그 밑이란 것이 마침내 찢어지도록 되어 있었던 것이다.

밑이 찢어지게 가난하던 그들이 요즘은 또 살을 빼려고들 극성이다. 살을 빼려고 굶고 살 빼려고 약을 먹는다. 굶다가 생긴 변비에 밑이 찢어지고 약 먹다가 설사에 물려서 밑이 째진다고 한다. 나 사는 아파트 옆 공원에는 아침마다 그렇게 살을 빼려는 이들이 걷고 뛰고 달린다. 어떤 이들은 일삼아서 주먹으로 퍽퍽 배를 두드리기도 한다. 보릿고개를 넘던 백성들의 하루하루가 굶주림과의 전쟁이었다면 보릿고개를 잃어버린 요즘 사람들은 사시사철 살 빼는 전쟁을 치르는 것 같다.

어떤 이들은 살 빼려고 수술까지 한다는데 지구상에는 아직

도 먹을 게 모자라서 밑이 찢어지는 이들이 득실거린다. 먹어
도 먹어도 허천나던 보릿고개의 백성들보다 살 빼려고 뻘뻘
비지땀을 흘리는, 굶어도 달려도 살이 찌는 이들이 더 불행해
보이기도 한다. 끝까지 배변을 참으며 밑이 찢어지던 그 보릿
고개의 이웃들이 문득 그립다.

산딸기와 삐비꽃

산딸기는 말이 산딸기지 꼭 산에만 있는 게 아니다. 그것은 마을 근처의 밭가장자리나 후미진 길가에, 더러는 집근처에서도 어렵지 않게 눈에 띄는 시골아이들의 요긴한 군것질감이었다. 사람들의 발길이 잦은 곳에 있는 산딸기는 여간해서 아이들 차지가 되지 않는다. 사람들의 발길이 뜸한, 좀 후미진 곳이나 으슥한 곳, 어쩌면 뱀같은 것들이 득실득실거리다가 금방이라도 튀어나옴직한 곳에 있는 산딸기라야 실컷 따먹고 나서 빈 도시락이나 주머니에 조심조심 채워올 수가 있었다.

오디철이 지나가는 초여름, 모내기가 끝나고 어렵사리 심어놓은 모들이 한참 땅맛을 알아가는 무렵이면 마을 아이들에게는 마을 근처의 산딸기를 뒤지러 다니는 것이 중요한 일과이기도 했었다.

지난 일요일, 시골길을 걷다가 나는 그 산딸기들을 봤다. 마을과 마을을 이어주는 그런 산길도 아니고 밭둑길도 아닌 길, 빨갛게 익고 있는 길가의 산딸기들을 심심찮게 따먹으면서 나는 어느덧 삼십여 년 전의 소년이 되어가고 있었다. 산딸기가 있음직한 곳을 찾아내는 데는 지금도 자신이 있었지만, 그런 실력이 필요하지 않을 만큼 길가에는 군데군데 무르익은 산딸기들이 모여 있곤 했다.

이런 산딸기 무더기들을 만나면 우리는 그 때 얼마나 신바람이 났었던가. 등에 식은땀까지 흘려가면서 우리는 얼마나 무지무지하게 재수좋아했었던가. 무지무지하게 재수가 좋은 삼십여년 전의 신바람이 되살아나서 나는 가던 길도 가는 둥 마는 둥 한참 그 산딸기들을 따먹고 있었는데, 마침 시골 아이들 서넛이서 재잘거리며 내 옆을 지나갔다. 나는 그 아이들을 불러서 산딸기를 같이 따먹자고 권해보았다. 어른인 주제에 아이들의 군것질감이나 축내다가 들킨 꼴이 되어 좀 무안하기도 했고, 또 그 아이들과 산딸기를 나눠먹으며 이런저런 세상 얘기도 좀 하고 싶었던 것인데 아이들이 내 속을 아는지 모르는지, 넥타이를 매고 길가의 풀숲에 뛰어들어 산딸기를 뒤져내고 있는 어른을 잠깐 신기한 듯이 바라보다가 이내 깔깔거리며 저희들끼리 저만큼 가버린다.

아이들이 사라진 뒤, 나는 산딸기가 흔전만전 익고 있는 시골길에 무춤하니 혼자 남아서 신바람나던 산딸기 뒤져내는 일이 갑자기 시들해지기 시작했다. 결코 으슥하거나 후미진 곳이 아닌 이 시골길에 이처럼 산딸기들이 지천으로 남아있는 까닭에 대하여 어렴풋이 짐작되는 바가 있었기 때문이다.

몇 년 전 어느 늦은 가을날 , 나는 국민학교생 아들 딸들과 찝질한 산책을 다녀온 일이 있었다. 집 앞에서 아무 시내버스나 잡아타고 종점근처의 시골길을 싸돌아다니다가 돌아오곤 하는 나의 산책길에 모처럼 아이들을 동참시켜 준 날이었다.

산 아래 다닥다닥 내려붙은 논배미들을 지나가다가 거기 툭툭 튀어 다니는 메뚜기들을 잡아서 옛날 버릇대로 벼이삭을 뽑아 그 메뚜기들의 등을 꿰었다. 아이들이 등을 꿰인 메뚜기들처럼 진저리를 치면서 나를 원망했지만 나는 아랑곳하지 않고 오히려 자랑스럽게 그 메뚜기 꿰미를 흔들어보이곤 했다. 돌아오는 논두렁길에 아이들을 주저앉히고 나는 옛날 버릇대로 늦가을의 검불들을 긁어모아 불을 지폈다. 아이들에게 그 메뚜기구이를 어떻게든 좀 먹이고 싶어서 꼬이고 달래고 으름장도 놓고 해 보아도 영 통하질 않는다. 나는 할 수 없이 그 메뚜기구이를 혼자서 다 먹었다. 내가 잘 익은 메뚜기를 골라서 씹을 때마다 아이들은 무슨 야만인이라도 구경하듯이 진저리를 쳐가면서 애비를 쳐다보고 있었다.

그 메뚜기구이를 혼자 다 먹으면서 나는 메뚜기 맛을 잃어가고 있었다. 메뚜기맛을 잃어가면서, 애비를 야만인 보듯 하는 아들 딸들이 내내 야속했고 슬픔도 그리움도 외로움도 아닌 찝질한 그늘들이 늦가을 저녁을 내내 적셔왔다.

메뚜기나 산딸기, 보리민대(덜여문 보리를 삶아서 만드는 보리고개 식품)나 띠뿌리 칡뿌리나 오리쌀 단수수 등등의 우리 나이 또래 사람들의 향수식품들을 요즘 아이들이 좋아할 까닭이 없다. 요즘 아이들에게 그것들은 이미 군것질감이 아니리라. 미처 뽑아먹지 못한 삐비꽃들이 길가에 허옇게 패는 것을 바라보면서 그것을 억울하게 생각하는 아이들은 이 땅에는 이미 없다. 먹고 돌아서면 금방 허기가 도는 한 그릇 풀떼죽을 먹고도 그 풀떼죽의 뱃심을 유지하기 위하여 걸음조차 가만가만 걸어야 했던, 대변이 아무리 급하더라도 며칠이고 며칠이고 최후까지 참아야 했던 보리고개의 상식을 그들이 알 리가 없다. 쇠자래기(소주공장에서 내버리는 소주 찌꺼기)를 받아다가 죽을 쑤어 허기진 배를 채우고 온몸에 나른하게 퍼져오는 술기운으로 비틀거리며 학교에 가던 아이들, 바가지를 하나씩 들고 논바닥에 깔린 독새풀씨를 훑어서 그것으로 먹으나마나한 죽을 쑤어먹고 배고픈 잠이 들던 그 보릿고개의 아이들은 이미 이 땅에는 없다.

아이들이 재잘거리며 깔깔거리며 사라져버린 시골길에는 삐비꽃들이 허옇게 물결치고 있었다. 그 시골길, 그 억울하게 피어 있는 삐비꽃의 물결을 오래오래 지켜보면서, 그것을 함께 억울하게 여겨줄 보리고개의 아이들이 나는 오래오래 보고 싶었다.

술 이야기

술은 약으로 쓰기도 하지만 대개의 경우 몸에 해롭다. 술이 어떤 질병에 대한 일시적인 처방으로 효험을 보는 것에 비하면 술로 인하여 결정적으로 몸을 망치는 예가 압도적으로 많을 것이다. 대부분의 환자들에게 의사는 특히 삼가야 할 음식으로 술을 첫손에 꼽는다. 감기와 배탈이 천병千病의 근원인 것처럼 술 또한 만병萬病의 어머니다. 특히 우리나라의 술들이 더 그런 것 같다.

막걸리에 필수적으로 첨가되는 방부제는 극약이다. 소주도 그런 극약에 가까운 것이 섞여야 술이 되어 나온다고 한다. 사실인지 아닌지 잘은 몰라도 우리나라의 맥주는 농약이 범벅이 된 원맥으로 빚어진다는 소문이 자자하다.

술의 해로운 정도를 술값처럼 정확히 계산해 놓은 기준도 흔하지 않을 것 같다. 그 싸고 비싼 정도는 틀림없이 그 해로운 정도와 반비례한다. 그런 면에서 볼 때 우리의 대중주에 속하는 막걸리·소주·맥주들이 값이 비싸기도 세계적일 뿐만 아니라 몸에 해롭기도 또한 세계적 수준일 것만 같다. 그것들이 우리의 몸에 얼마나 해로운 것인가를 그것을 마셔 본 사람이면 너무나 잘 안다. 웬만큼 건강한 체질이 아니고서는 그것들을 좀 많이 마시고 나면 이튿날 어김없이 속이 쓰리고 골이 패고 기분 잡치는 설사를 해댄다. 사람들은 그래도 그 해로운 술을 마신다. 가장 값싼 노임勞賃이라도 축내어 가장 비싸고 해로운 술을 마신다. 그런 술을 마시는 곳이 거리마다 골목마다 점점 늘어나고 있다. 사람 사는 곳에는 필요악이라는 것이 있다지만 그러나 이것은 생각할수록 끔찍한 자기학대인 것만 같다.

술꾼들 중 어떤 이들은 연중행사年中行事로 일 년에 몇 차례씩 금주禁酒를 결심한다. 아니, 한 달에 몇 차례씩 결심하는 사람도 많다. 그리고 결심을 자주하는 사람일수록 술로 인한 피해가 큰 사람이라고 생각하면 거의 틀림이 없을 것이다. 종교적 참회는 한 번만 유효하다지만 금주에 관한 결심은 회를 거듭할수록 그 필요성이 심각해진다. 그런데도 그 금주가 여간해서 실행되지 못하는 모양이다. 술을 즐기는 사람치고 맘씨 독한 사람이 없기 때문인지도 모른다.

술은 권하는 맛에 마신다는 말이 있다. 그래서인지 우리나라의 대개의 술자리에서는 서로 잔을 주고받는다. 아무리 권하는 맛에 마시는 것이 술이라고는 하지만 그렇게 잔을 주고받는 풍습은 금주나 절주를 결심한 사람에게는 거북하고 고약하고 진땀나는 짓이 아닐 수 없다. 술잔을 권하는 행위는 일단은 존경과 사랑과 이해의 뜻으로 미화되어 있다. 따라서 여럿이 어울린 술자리에서 술을 안 마시려 하는 사람은 사람 취급을 못 받는다. 조소나 미움의 표적이 되기도 쉽다. 마음 약한 친구들은 그러므로 더 마시고 싶지 않은 술을 더 마시지 않을 수가 없다.

그렇게 해서 마신 술은, 맨숭한 정신으로는 도저히 기대하기 어려운 존경이나 사랑이나 이해를 쉽게 자아내줄 뿐만 아니라 경우에 따라서는 감히 엄두도 못 내던 경멸이나 증오나 터무니없는 오해까지도 얼마든지 가능하게 만든다. 그 술을 마시고 간이 커지고 그 술을 마시고 손쉽게 사랑하고 손쉽게 존경하고 손쉽게 친해지고 손쉽게 천해진다. 그리고 손쉽게 절망해 보는 쾌감을 누린다.

차 조심 불 조심 말 조심 사람 조심 등등…… 존경하고 사랑하고 이해하고 순종하고 원만하기 위하여 이 세상을 매사에 살얼음 밟듯이 조심조심 살아가야 하는 소심한 시민들에게는 그 절망적 쾌감이야말로 몸에 해로운 것쯤은 감당해내고도 오히려 계산이 남는 신천지일지도 모른다. 그래서인지, 이런저런 피치못할 사연으로 마시고 싶은 술을 못 마시며 지내는 사람들의 말을 들어보면, 술을 안 마시니까 세상이 온통 적막하게만 느껴진다고 한다. 생활에 리듬이 느껴지지 않고 온 세상이 흑백으로만 보이는 것 같다고도 한다.

그처럼 결정적으로 몸에 해로운 그 술보다도 리듬이나 색채가 느껴지지 않는 그 적막감은 우리 인생을 더욱더 해롭게 하는 것일까? 참으로 알다가도 모를 것이 술집들이 거리마다 골목마다 점점 더 늘어나고 있다는 사실이다.

열쇠와 자물쇠

인간이 열쇠와 자물쇠를 사용한 역사는 대단히 오래되었던 듯 싶다. 인간문화의 한 수치스러운 특징일 것이다. 인류의 비극은 그 자물쇠와 열쇠의 갈등에서부터 비롯되었는지도 모른다.

고대의 자물쇠일수록 그 구조가 단순하고, 문명화된 사회일수록 그 구조는 정밀 복잡하다. 우리나라에서는 외국의 자물쇠를 많이 수입하고 있다고 한다. 인간불신의 정도가 가장 확실하게 반영되는 것이 자물쇠의 정밀도라면 우리나라는 그래도 다른 나라들에 비하여 인간불신의 정도가 아직은 크게 염려하지 않아도 좋은 상태인지도 모른다. 아니, 어쩌면 우리나라의 인간불신의 정도는 이제 우리의 기술수준을 훨씬 능가하는 위험수위에 도달해 있는 것인지도 모른다.

도둑이 늘어날수록 자물쇠도 늘어난 것인지, 자물쇠가 복잡해질수록 도둑이 늘어나는 것인지를 구분할 수 없을 만큼 자물쇠들은 점점 더 효력을 잃어간다. 열쇠와 자물쇠로 상징되는 인간 불신의 갈등도 따라서 끝이 없다. 아들이 아버지를, 아내가 남편을 스승이 제자를 정부가 국민들을 못 믿어하는 데서 생기는 비극들을 우리는 무수히 알고 있다. 노동자는 노동자끼리, 상인들은 상인들끼리, 관리들끼리, 정치가들끼리, 학우들끼리, 스승들끼리 서로서로 마음을 열어놓을 수 없는 사회…… 생각만 해도 심난한 일이 아닐 수 없다. 설혹 그런 심각한 정도는 아닐지라도 지구촌의 현대인들은 모두 그런 비슷한 의식의 자물쇠들을 필요악처럼 지니고들 살아간다.

그러한 불신풍조의 결과인지 아니면 불신풍조에 대한 풍자적 반응인지는 잘 몰라도 인류사는 여간해서 열리지 않는 자물쇠들을 도처에 장치해 놓는다. 우리나라의 현대사만 두고 보더라도 그런 자물쇠들이 수없이 매달린 채 진행되어 왔다. 테러와 암살과 학살과 행방불명, 사기와 횡령과 투옥과 사형과…… 삼팔선이나 휴전선을 축으로 삼은 그러한 자물쇠들은 영 풀릴 길이 없는 것일까?

포도주의 나라 프랑스에는 눈 감고 포도주의 맛만 보고서도 그 포도주의 생산년도와 산지 따위들을 척척 알아맞히는 별난 포도주 감식가가 있었다고 한다. 하도 귀신같이 알아맞히므로 사람들은 장난삼아 그에게 냉수를 한 컵 주었더니 그 귀신 같은 포도주 감식가는 그것만은 도저히 생산년도와 산지를 알아낼 수 없노라고 난처해하더라는 얘기가 있다.

단순한 자물쇠에 대하여 정밀한 열쇠는 실상 아무 쓸모가 없는 것인지도 모른다. 대부분의 수수께끼들이 대상을 복잡하게 생각하는 인간의 맹점을 풍자하는 내용들인 것처럼 우리 역사에 채워진 자물쇠, 삼팔·휴전선을 축으로 삼아 매달려 언젠가는 열리지 않으면 안 될 그 자물쇠들도 실상은 아주 단순한 구조로 되어 있는 것인지도 모른다.

누구나 믿어버리는 사람이 모든 사람의 신뢰를 꼭 받는 것은 아닐지라도, 아무도 믿을 수 없는 사람은 결국 아무에게서도 신뢰를 받을 수가 없는 법이다. 손해를 보는 한이 있더라도 사람을 믿으면서 살아가자고 유언을 남겼다는 어느 재벌의 당연한 얘기가 요즘 사람들에게는 퍽 쇼킹한 교훈으로 받아들여지는 모양이다. 손해를 보는 한이 있더라도 사람을 믿을 수 있는 단순한 용기, 인간관계의 수많은 갈등이나 주렁주렁 매달린 역사의 자물쇠들은 그 단순한 용기들을 숨을 죽이며 기다리고 있는 중인지도 모른다.

하다하다 안 되면

불황不況이 벌써 몇 년째 계속되고 있다. 경기景氣가 꺼질 듯 꺼질 듯 살아나는 중인지 살아날 듯 살아날 듯 잦아드는 중인지 우리로서는 도시 감을 잡을 수 없으나 지금이 취업이 어려운 불황인 것만은 확실하다.

비록 추운 겨울이 온들 어떠랴, 불황이 더 깊어진들 어떠랴, 우리들의 훈훈한 가슴만으로 얼마든지 그 춥고 따분한 것들을 감당해낼 수 있을 것도 같은데, 취업을 희망하는 학생들과 얘기를 나누다 보면 그러나 가끔씩 섬뜩한 말을 듣게 되는 일이 있다. "하다하다 안되면 ○○이나 하겠다"는 어법語法이 태연하게 쓰이고 있는 일이다.

하다하다 안 되면 중이나 된다는 말이 있다. 그런 사람일수록 정말 중이 되면 안 된다. 정말로 그런 사람들이 다 중이 된다면 불교는 막장이다. 하다하다 안 되면 시집이나 간다는 말이 있다. 그런 여자와 결혼하는 이도 있기야 있겠지만 그런 결혼은 축복받기는 벌써 틀렸다. 하다하다 안 되면 농사나 짓는다는 말도 있다. 그런 농사는 지어보았자 평생을 두고 뼈빠지게 고생이나 하고 말 것이다.

하다하다 안 되면 ○○이나 하겠다는 그 최후의 ○○이 따지고 보면 사회적으로나 국가적으로나 개인적으로나 중요한 것 아닌 것이 없다. 하다하다 안 되면 대학원에 진학이나 하는 것도 요즈음 졸업생들의 풍조라고 한다. 그야말로 한심한 대학원 붐이다. 하기는 일제 때 군수노릇을 하면서 동족의 피를 말리는 일에 앞장서 부귀를 누렸던 자칭 〈죄 많은 인생人生〉이 아무 탈없이 죄를 지으며 살다가 해방이 되니까 갑자기 과거의 인생을 참회하는 마음으로 교육계에 투신하여 시골학교 교사로 부임하게 된다는 어처구니없는 내용의 수필이 실로 버젓이 고등학교 국어 교과서에 실려 있다.

우리나라 교육계를 그처럼 쓰레기통으로 삼았던 그 죄 많은 인생은 최근에는 모 대학 총장까지 지냈었다 한다. 지금 또 무엇이나 하고 있는지 혹시 더 좋은 쓰레기통을 찾아 투신하는 것은 아닌지. 그렇게 저렇게 해서 쓰레기통이 된 죄 많은 이 땅의 교육계에는 실로 얼마나 많은 쓰레기들이 모여 있었던가?

하다하다 안 되어 교사가 된 그 수많은 인생들이 얼마나 많은 사회적 물의를 일으켰던가. 얼마나 많은 학생들을 더럽히고 짓밟고 비뚤어지게 만들었던가. 얼마나 많은 학생들이 그들 뻔뻔스런 열등감의 제물이 되어 상처를 입고 말았던가. 얼마나 많은 학생들이 그들을 인연하여 우중愚衆이 되고 말았던가. 격무와 낮은 보수에 시달리면서 헌신하고 있는 얼마나 많은 이 땅의 교직자들을 캄캄한 열패감으로 짓밟아 놓았던가.

그들 뻔뻔한 인생들은 지금도 툭하면 교직을 털어버리고 나섰다가 일이 잘 안 되면 다시 피난처 삼아 교직으로 기어 들어오곤 한다. 비단 교직뿐만 아니라 돈을 벌기 위한 다른 사업들이면 혹시 몰라도 그런 것이 아닌 한, 중이 되든 시집을 가든 그 어느 부문에서도 우리 모두는 그런 뻔뻔스러운 인생이 되어서는 안 된다. 안 되면 아무 것도 하지 말아야 한다. ○○이라도 하는 것이 최선이 아니라 차라리 그럴 경우에는 아무 것도 하지 않는 것이 최선이다. 하다하다 안 되면 선생질이나 한다던 그 소름끼치는 말들이 최근에는 거의 들리지 않는다. 아마 불황 탓인지도 모른다. 불황이 깊어질수록 이 땅의 교육계는 깊이 득을 보는 것이나 아닌가 싶어서 한편으로는 쓸쓸함을 금할 길이 없다.

위대한 어리석음

　연암 박지원이 『호질虎叱』에서 호랑이의 입을 빌어 사대부들의 허위를 꾸짖고, 나아가 인간사회에 대하여 날카로운 문명비평을 가하는 것처럼, 『도척편』에서 장자莊子는 구천九千의 악당들을 거느리고 천하를 괴롭히는 도척의 입을 빌어 고금의 성현들을 모욕하고 나무란다. 소인이 재물을 탐함이나 군자가 명예를 탐함이 모두 마찬가지로 하늘의 이치에 어긋남을 역설하며 인간의 허위와 훼절毁節을 통쾌하게 기롱譏弄한다. 부귀공명등을 위하여 서두르다가 마침내 인간의 본성을 잃게 되는 비극을 경고해 두고자 하는 것이 장자의 의도인 것처럼 여겨지기도 하는 이야기다.

　도척이 사람의 간을 꺼내어 회를 쳐서 먹고 있는 중에 공자가 그를 찾아간다. 간신히 도척에게 접근하여 별렀던 설득을 시작하지만, 오히려 성인군자들의 비인간적 행위를 조목조목 따져가며 나무라는 도척의 정연한 논리에 몰리어 공자는 말한 마디 꺼내보지 못하고 하릴없이 쫓겨 나온다. 빨리 달아나지 않으면 네 간肝을 꺼내어 점심반찬에 보태겠다는 도척의 일갈에 천하의 공자도 그만 혼비백산 사색이 되어 달아난다.

그 도척이 의기양양하게 나무라는 여러 인물들 중에 개자추介子推가 나온다. 피난길에 오른 왕이 몹시 굶주렸을 때 개자추는 제 허벅다리 살을 베어 왕에게 먹였다. 난리가 지난 뒤에 왕은 그 때 따르던 사람들에게 땅을 봉封할 때, 깜박 개자추를 잊어먹었다. 왕은 나중에야 크게 뉘우치고 개자추를 찾아 개산介山으로 갔으나 그는 그 산 속에서 밖으로 나오질 않았다. 그를 나오도록 하기 위하여 왕은 개산에 불을 질렀으나 개자추는 나오지 않기 위하여 나무를 꼭 붙들어 안고 어머니와 함께 타죽고 말았다. 도척의 말대로 과연 요령없는 어리석은 사람임이 분명하다.

도척은 그 유명한 백이·숙제도 그런 식으로 꾸짖고 미생尾生도 꾸짖는다. 미생은 다리 밑에서 어떤 여자와 만나기로 약속하고 그 자리에 나갔다. 그 여자는 아직 안 나왔는데 비가 많이 내려서 홍수가 졌다. 약속을 지키기 위하여 미생은 그 자리를 떠나지 않고 다리기둥을 안고 죽었다.

무릇 인간의 목숨이란 하늘의 뜻인 바 인간이 만든 체면이나 의리나 명예를 따르고 지키기 위하여 하늘의 뜻을 거역하는 사람들은 개 돼지만도 못하다고 도척은 역설한다. 하긴 일리가 없는 바도 아니다. 도척의 입을 빌어 장자는 짐짓 하잘 것 없는 것들에 매달리어 살아가는 인간의 맹점을 기롱譏弄하는 듯싶지만 실상은 춘추전국시대의 위대한 양심이던 공자의 초시대적 외로움을 강조해 두고 있는 것 같다.

모든 수모를 감내하면서 갖은 정성으로 그 시대를 사랑했던 공자로서도 희대의 무뢰한인 도척, 정연한 논리를 내세워 호령호령하는 그 도척의 억지 앞에서 하릴없이 쫓겨나야 했던 이 넌센스를 통하여 장자는, 모든 역사적 폭력과 비리의 형태를 미리미리 풍자해 두고 싶었던 것인지도 모른다. 도척이 논리정연하게 나무라던 인물들의 어리석음, 목숨을 버리면서까지 하찮은 의리를 섬기고 터럭 같은 명예를 지키는 어리석음이야말로 모든 역사적 비리에 도전하는 질긴 끈임을, 역사를 지키는 위대한 어리석음임을 장자는 아프게 깨우쳐 주려는 것이 아닐까. 요령이나 피우며 정연하게 말만 앞세우고 자기를 합리화시키려고만 할 게 아니라 보다 어리석은 사람들이 되어야할 것만 같다. 어리석고 순결한 것이 보다 위대하고 소중한 덕목임을 어렴풋이 가늠해본다.

슬픈 정답

우리가 어렸을 때 즐기던 수수께끼 놀이 중에는 이 세상에서 제일 무서운 것이 무엇이냐는 물음이 있었다. 천재지변도, 질병도, 호랑이도, 귀신도 아닌 정답, 사람이 제일 무서운 것이라는 그 정답은 우리들 어린 가슴 속에 서늘하고 불안한 그늘들을 남기곤 했었다. 우리들 어린 가슴 속에는 아직 실감나지 않는 사람에 대한 그 서러운 배반감들이 그러나 필수교양처럼 자리잡게끔 되어 있었다. 아직은 실감나지 않으면서도 그런대로 막연하게 자리잡은 그 교양은 아닌게아니라 어른이 되어가면서 그것이 정말로 필요한 교양이었음을 우리로 하여금 무시無時로 확인하게 해왔다.

작가 채만식은 일찍이 미친개와 무식한 사람이 제일로 무섭다고 했다지만 어찌 미친개나 무식한 사람뿐이랴, 우리 모두는 이미 잔인하고 간교하고 악착스러운, 정말로 무서운 그 무엇들이 되어 살아가고 있다. 잔인하고 비열하고 치사하고 간교하고 악착스러운 악덕들을 적당히 합리화시키고 미화시키면서까지 우리는 모두 무서운 사람들 속에서 점점 더 무서운 사람들이 되어간다.

그러나 사람이기를 포기하지 않는 한 그 무서운 가슴들 속에는 끝끝내 외로움이 남으리라. 착하고 의롭고 아름답고 깨끗해지고 싶은 외로움, 아무리 무섭고 더럽고 치사할지라도 그 가슴 밑바닥에 끝끝내 남게 될 외로움들을 만나기 위하여 우리는 끊임없이 속아 사는 것인지도 모른다. 아무리 한 길 사람 속은 모른다 하더라도, 그래서 사람이 아무리 무서운 것이라 할지라도 결국 사람은 사람을 통해서 구원을 받아야 한다는 그 고통과 그 기쁨은 정말로 영원한 것인가.

조문도朝聞道면 석사가의夕死加矣라 했다거니와 사람이 제일로 무서운 것이라는 슬픈 정답, 그 서러운 교양을 극복하기 위해서, 이제는 죽어도 좋을 무섭지 않은 단 하나의 가슴을 만나기 위해서 우리는 한평생 끄덕거리며 살아가고 있는 것인지도 모른다.

천해지는 것들을 위하여

 들으면 들을수록 감동되는 이야기들이 있다고 한다. 그러나 너무 자주 듣는 감동되는 이야기란 없다. 영원히 맛있는 음식이 없듯이 사람들 입에 지주 오르내려서 유명해지는 것 치고 이내 시들해지고 천해지지 않는 것이란 없는 것만 같다. 양반이나 귀하나 색시나 사모님이나 여사나 박사 같은 것을 예로 들더라도 그것들이 애초의 쓰임새와는 달리 이미 얼마나 천연덕스럽게 천덕스러워지고 있는 중인가? 대궐이나 궁전이나 황제나 임금님이나 전하와 같은 어마어마한 말들도 이제는 겨우 구차한 다방이나 술집 이름 같은 것들이 되어 화려했던 옛 꿈들을 팔고자 한다. 극존칭으로 쓰이던 마누라라는 호칭도 이제는 겨우 술 취한 남편들이 남편의 권위와 어리광을 어정쩡하게 얼버무리는 희칭戱稱으로 통용된다.

몇 십 년 전에는 어른들조차도 사용하기를 낯붉혀 했다는 남녀 간의 사랑이니 연애니 애인이니 하는 말들도 이제는 어린이들의 예사로운 장난말이 되어버렸고, 50년대에 판을 쳤던 자유당 민주당 같은 정당들은 이 땅에 자유나 민주를 루머로만 남겨 놓았다.

자유·정의·민주·복지·평화 같은 금쪽 같은 말들은 지상의 여러 나라들이 또 얼마나 우스꽝스럽게 남용하고 있는 중인가? 자랑과 겸손의 양날개를 거느리고 무불통달로 행세하다가 죽어서 제삿상에까지 오르던 학생이라는 이름도 오늘날 그것이 얼마나 천해질 만큼 천해져 있는가?

우리 주변에는 사람들 입에 자주 오르내리어 마침내 천해지고 마는 것들이 어찌 그런 것들 뿐이랴. 꿈이니 청춘이니 낭만이니 추억이니 하는 말들도, 양심이니 지성이니 진실이니 학문이니 하는 것들도 내세우면 내세울수록 떠들면 떠들수록 천해지고 추해진다. 소중하고 고귀하고 아름답고 아까운 그 모든 것들의 인프레이션이 우리를 점점 더 황폐하게 하는지도 모른다.

목숨이라도 걸어놓고 지켜야 할 위대한 가치, 소중한 꿈, 고귀한 감정, 그것을 위해서라면 간이라도 빼줄 아름답고 아까운 감동들을 사람들이 남용해 버리지 않고·진실로 소중한 것으로, 고귀하고 아름다운 것으로 지닐 수 있으면 좋겠다.

지워버릴 꿈은 없다.

꿈을 꾸지 않는 사람도 있다고 한다. 그러나 대부분의 사람들은 밤마다 꿈을 꾼다. 그리고 그 꿈들 중에는 잊혀지지 않는 것도 있지만 대개는 아침마다 그 꿈들을 잊어버린다. 끊임없이 깨지고 부서지고 사라지고 잊어버리고 마침내는 몽땅 잃어버리기까지 하면서도 끊임없이 꾸는 꿈, 우리 의식의 원심작용遠心作用이던 그 꿈은 어느새 모든 인생의 구심점이 되어 사람들은 한결같이 꿈을 지니고 살아가고자 한다. 수없이 깨지고 사라지고 잃어버리는 동안에 그것이 얼마나 헛된 것인가를 익히 알면서도 그것이 헛된 것일수록 거기에 대한 아쉬움은 더욱 더 질긴 것이 되어 우리를 사로잡는다. 그것은 마침내 신화가 되고 문화가 되어 인간을 인간이게 하고 역사를 역사이게 한다.

착하고 이쁜 꿈만 꿈이 아니다. 무섭고 음산하고 아슬아슬하고 망칙하고 사나운 그 모든 꿈들, 깡그리 지워버리고 싶은 그 모든 꿈들까지를 모두 받아들여서 신화는 완성될 수 있는 것이다. 우리가 개꿈이라고 격하시켜서 지워버리고 싶어하는 꿈들까지 그 모든 꿈들은 실로 얼마나 진솔하고 상징적인 인생의 표현이던가? 취중 진담을 한다고 하거니와 꿈처럼 진솔한 것이 없다. 착하고 이쁘고 달콤한 꿈들도 또한 개꿈만은 아니다. 우리가 지워버리고 싶어하는 그 모든 꿈들은 실상 우리의 인생과 현실에 대한 가장 사실적인 표현일 것이다.

판을 치던 대도大盜 아무개의 대도라는 명칭이 요사이 애칭이 되어 쓰이고 있는 현실이나 반달곰이 사살되어 방매되는 것이나 소년을 구해낸 용감한 바둑이의 이야기가 오보誤報로 밝혀지고 만 것이나 그리고 감출 수 없는 것을 끝끝내 감추려 들다가 난처해진 정치현안이나, 그 누군가의 망칙한 꿈의 표현인 이런 모든 것들은 실상 아무리 망칙한 것이라 할지라도 개꿈처럼 지워버릴 수도 지워질 수도 없는 엄연한 현실이다.

그것들은 격하시켜 마땅한 개꿈이기는커녕 오히려 우리에게 진실로 소중한 것이 무엇인가를 끊임없이 되묻게 하고, 보다 착하고 정직하고 아름답고 치열하게 우리의 꿈을 가꾸어야 한다는 사실을 쓰라리게 확인하게 해 준다. 우리가 지워버릴 꿈이란 없다.

만남의 감격과 절망

이산가족이 너무 많았다. 애초에 큰 맘 먹고 두 시간으로 계획되었다는 KBS의 이산가족 찾는 프로그램이 밤낮을 가리지 않고 일 주일이나 계속되더니 당분간 그것이 정규 프로그램으로 짜여 진행되리라고 한다. 그동안 예상보다도 훨씬 많은 가족들이 수십 년 묵은 한을 풀었다. 수십 년 만에 만나서 울부짖고 기절하고 하는 모습들을 지켜보면서 온 국민은 그들과 함께 우리 모두의 비극을 곱씹어보곤 했다.

부둥켜안고 울부짖는 사람, 목이 메어 이름조차도 다 못 부르는 사람, 울부짖으며 만세를 불러대는 사람, 그리운 이름들을 부르다가 벌벌 떨다가 마침내는 기절해버리는 사람, 그런 극적인 장면들은 시간이 생길 때마다 몇 차례고 방송되곤 했었다. 전쟁과 가난과 세월에 찌들어 기쁨도 슬픔도 잊어버린 듯한 그런 얼굴들이 어떻게 저런 감격을 감당할 수 있었던 것인지 신비하기조차 했었다.

그런 장면들을 지켜보면서 얼마나 많은 사람들이 그처럼 보고 싶었던 사람을 부둥켜안고 울부짖고 싶었을 것인가. 얼마나 많은 사람들이 그처럼 그리운 이름들을 부르며 벌벌 떨며 목이 메이고 싶었을 것인가. 헤어져서는 안 되는, 그러나 서로 헤어져 살아야만 하는 수많은 사람들에게 그 감격적인 장면들은 또 얼마나 감당 못할 절망이었을 것인가.

밤낮을 가리지 않고 며칠이고 방송국 주변을 헤집고 다니기만 한 사람들, 가족을 못 찾고 허탈하게 돌아섰을 수많은 뒷모습들의 그 절망, 한 맺힌 번호판을 가슴에 걸고 며칠이고 카메라를 기다리던 그 초조, 다른 사람들의 꿈 같은 만남을 구경이나 하면서 견뎌야 하는 그 초조한 절망들은 만남의 감격보다도 더 우리 시대를 아프게 한다.

그 충격을 감당 못하고 자살해버린 사람도 실제로 있었다고 한다. 사람이 사람을 보고 싶어하는 것이 이처럼 지독한 형벌일 수도 있음을 우리는 그 아픔들과 함께 새삼 확인하곤 했다. 이제는 죽어도 여한이 없다는 그 감격의 뒤안에 모래알처럼 깔리어 무심히 짓밟히는 그 절망들을 우리 시대는 과연 어떻게 다 감당할 수 있을 것인가.

야만과 문명

　아무리 아프리카 같은 곳이라 할지라도 이제는 그곳의 야만인들도 점점 문명인들이 되어가고 있을 것이다. 좋은 일일지 궂은 일일지 잘은 몰라도 하여튼 지구상의 야만인들의 숫자는 점점 줄어들고 있을 것이다. 그들을 야만인으로 규정한 문명인들은 그들보다도 더욱 더 야만스러운 방법으로 그들을 학대 착취하고 또 학살조차도 서슴지 않았다. 그들 야만인들에게 문명인들의 턱없는 우월감은 자기들의 만행을 당연한 것으로만 여기게 했었다.

　그 턱없는 우월감들이 이제는 씻을 수 없는 죄책감이 되고 인간에 대한 짙은 향수가 되어 문명인들의 가슴을 그늘지게 하는 중이다. 문명인들의 가슴을 그늘지게 하는 인간성에 대한 그 짙은 갈증은 헉슬리의 〈멋진 신세계〉에서처럼 마침내 야만인 보호구역을 만들게 할지도 모른다. 보호구역을 만들어야 할 만큼 그들의 숫자는 점점 줄고 있는데도 불구하고 지구촌에는 오히려 야만적 행동들이 늘고 있다. 문명인들이 경멸해 마지않던 그들의 삶의 방식이 사실은 얼마나 소중하고 소박한 것이었던가를 실감나게 하는 현상일 것이다. 야만인들이 줄어들수록 인간성을 상실해버린 신종 야만인들이 자꾸만 더 늘어나게 마련인가 보다.

어떤 미명으로도 정당화될 수 없는 인간에 의한 인간의 집단 학살이 우리 지구촌에는 너무나 빈번히 자행된다. 유태인 학살, 히로시마의 원폭투하를 비롯하여 캄보디아, 아프카니스탄, 팔레스타인 등지의 집단학살, 그리고 최근의 KAL기 격추사건과 같은 만행들은 지구촌의 모든 가족들에게 경악을 금치 못하게 한다.

더더구나 충격적인 것은 그 모든 집단 학살이 우발적인 것들이 결코 아니고 치밀하게 계획된 만행이라는 점이다. KAL기 격추사건도 그것이 이미 결과까지 면밀히 검토된 만행임이 점점 드러나고 있지만 아직도 그 음흉한 의도를 파악할 수 없기 때문에 규탄의 목소리들이 높아갈수록 불안감 또한 깊어만 간다.

인간성에 대한 갈증 때문에 헉슬리의 소설처럼 언젠가는 야만인 보호구역도 필요하게 되겠지만 그보다 먼저 경악과 불안

으로부터 지구촌을 보호하기 위해서 신종 야만인들의 보호구
역 같은 것이 어떻게든 만들어져야 할 것만 같다.

가난보다 두려운 것은

이야기라는 것은 그것을 즐기던 사람들의 그 시대의 꿈이 반영된 것이다. 우리의 옛날 얘기들은 '잘먹고 잘살았다'로 끝나는 것이 대부분인데 그것은 물어볼 것도 없이 가난에 시달리는 사람들의 꿈이 그처럼 집약되었을 것이다. 잘 살기 위한 필수 선행조건이 잘 먹는 것으로 못 박혀버릴 만큼 이 땅에는 굶주리며 살아야 하는 지긋지긋한 가난이 못 박혀 있었던 모양이다.

한 편의 얘기가 어떻게든 '잘 먹고 잘 살았다'로 끝나기 위하여 우리 옛날 얘기들은 그러나 심미적 가치나 소설적 리얼리티가 터무니없이 무시되기도 했었다. 잘 먹고 잘 살기 위한 꿈을 만족시키기 위해서라면 그 어떤 진실과 가치도 무시될 수 있었을 만큼 그 가난은 절실한 가난이었을 것이다. 살기에 불편을 느끼는 정도의 것이 아닌, 죽느냐 사느냐의 한계를 오락가락해야 하는 가난이었을 테니 말이다.

그러한 가난 속에서도 우리 옛날 얘기들은 그 가난을 즐기기도 했다. 그것은 때로 아이러니가 되기도 하고 때로는 해학으로 굴절되기도 하면서 잘 먹고 잘 사는 결말을 위하여 설혹 소설적 리얼리티 같은 것들을 무시하기도 했지만 결코 인생의 진실을 포기해버리지 않는 슬기를 간직하고 있었다. 가난은 어디까지나 극복해야 될 대상이기는 했지만 그러나 극복의 과정에서 무시하고 포기할 대상이 어떤 것인가를 추구하는 인생 태도들을 대개는 갖추어 지니고 있었다.

요새 사람들은 그 옛날 얘기들 중에서 잘 먹고 잘 살기 위한 집념만 끈질기게 남겨 놓고 있다. 무시하거나 포기해도 좋은 것들이 무엇인가를 진지하게 추구해온 그 인생에 대한 통찰력은 실상은 까맣게 잃어버리고들 산다. 전통적 가난의 때가 웬만큼 벗겨지고 있는 오늘날임에도 불구하고 그 가난을 즐기고 생활화하던 옛사람들에 비하여 요새 사람들은 다만 불편한 정도의 가난에 대해서일지라도 너무나들 터무니없이 그것을 두려워하고 있는 것 같다.

가난에 대한 그런 터무니없는 두려움 때문에 요즘 사람들은 변절과 배신과 범죄와 같은 비리들을 서슴지 않는다. 불편한 정도일 뿐인 그 가난 때문에 저지르는 비리들이 사실은 가난보다 더 두려운 것이라는 옛날 얘기의 통찰력을 곰곰 생각하게 하는 요즈음이다.

합리주의와 진실과의 거리

완판본 『열녀춘향수절가』는 그 작품이 지니고 있는 사건전개상의 비합리성 때문에 숱하게 논란의 대상이 되어 왔다. 신재효본 춘향가에 이르러서는 그 비합리성들이 많이 깨워지고 어느 정도 조리에 맞는 이야기로 정리되어 있기는 하지만 그러나 오늘날 불리우고 있는 대부분의 춘향가들은 그 앞뒤가 잘 들어맞는 신재효본보다도, 통일성이 결여되어 논란이 많은 완판본에 훨씬 더 가깝다.

당시에 있어서 어떠한 창악가라 할지라도 신재효의 지침과 척도를 거치지 않고는 도저히 명창의 반열에 끼지 못하였다고 하거니와, 그러한 영향력을 가진 신재효의 탁월한 작가의식이 반영되어 정리한 춘향가는 어찌하여 오늘날의 춘향가의 창자들에게서 외면되고 있는 것인지, 그리고 그 통일성이 결여된 마구잡이로 만들어진 완판본이 대표적인 춘향가로 널리 불리우고 있는지 잠깐 궁금한 일이 아닐 수 없다.

완판본에 의하면 우리의 춘향은 그 신분이나 성격이나 행동에 있어서 확실히 통일성을 잃고 있다. 양갓집 규수였다가 바람끼 많은 소녀였다가 천하의 음녀처럼 정사를 즐기는 명기名妓의 후예였다가 이별을 당해서는 체면이고 예의고 다 무시해 버리고 마구 포악을 해대는 악녀가 되기도 한다. 일일이 열거할 수는 없지만 그런 등등의 모든 불합리성들이 신재효본에서는 대체로 정리되어 구성의 합리성을 회복하고는 있다. 그러나 그 소설적 합리성을 위하여 민중들의 소박한 바램은 무참히 배반을 당한다. 진실을 위하여 사실을 뛰어넘는 소박성과 대담성이 없다. 진실을 위해서라면 어떠한 사실이라도 뛰어넘을 수 있는 생명력과 적극성은 오히려 완판본이 만족시켜주고 있기 때문에 그것이 아직도 대표적 춘향가로 불리우고 있는 것이다.

합리주의는 꽤 오랫동안 복잡다단한 현대사회에서 착실히 교통순경의 구실을 수행해 왔고 또 앞으로도 믿음직한 교통정리를 하게 되겠지만, 그러나 그 합리적 사고방식이 근원적 진실이나 생명감 넘치는 소박성을 은폐하기 위하여 표면적 사실만을 내세우는 지저분한 무기가 되어서는 안 될 것이다. 합리성을 갖추면서 살아가는 것도 중요하지만 때로는 그 합리성을 무시할 수 있는 소박함과 적극성이 오히려 더 진실에 가까운 경우를 우리는 주변에서 늘 실감하고 있다.

야만적 편견

　동경올림픽을 계기로 일본에서는 그네들의 생활풍습 중에서 서양인들에게 혐오감을 줄 만한 것들이 일대변혁을 가져왔었다고 한다. 당시의 일본인들은 그러한 변혁을 거의 당연시했다고 들린다. 그리고 십여 년의 세월이 흐른 오늘날, 그 당연하던 변혁들에 대하여 그들은 심심찮은 회의를 겪고 있다고 한다.

　최근 일본이 겪는 그 회의야말로 물불을 안 가리는 서양화를 당연한 것으로 여기던 당시의 풍조보다도 어쩌면 더 당연한 것인지도 모른다. 88올림픽을 앞두고 그것이 전혀 남의 얘기 같지만은 않다. 어떤 이들은 '88년을 계기로 우리의 서구화는 적어도 20 년쯤 당겨질 것이라는 기대 반 두려움 반의 예견

들을 하기도 한다.

그 전초전으로 수난을 겪는 데가 바로 작금의 보신탕집들이다. 살판난 것은 이 땅의 개새끼들이요, 심장 강한 보신탕 애호가들이다. 턱없이 비싸던 개값이 요즈음엔 옛말대로 '개값'이 되었다. 생각해보면 개라는 짐승은 사실상 별로 쓸모가 없다. 잡아먹지도 못하는 짐승이라면 괜히 먹이나 축내고 여기 저기 오물이나 남기고 느닷없는 곳에서 괜한 사람을 짖어대며 겁을 주다가도 막상 도둑이 드는 날에는 짖지도 않는 일이 허다한, 그야말로 갈 데 없는 지천꾸러기다.

그럼에도 불구하고 어떤 개들은 분에 넘치는 호강을 누린다. 물불을 못 가리는 그 충성 때문에 한편으로는 다른 어느 가축들보다도 업신여김을 당하기도 한다. 개 같은 놈, 개새끼, 개잡놈, 개지랄 등등 온갖 혐오감을 일단 개에게 들씌워 놓고 그 물불 못 가리는 속성을 미워하고 비웃고 하는 것이다. 그 개를 소나 돼지처럼 잡아먹는 것은 어쩌면 당연한 일인지도 모른다. 그리고 개고기를 즐기는 몇몇 나라의 풍습이 백인들에게 야만시되는 것은 반드시 당연한 것은 아닐 것이다. 오히려 유색인들에 대한 백인들의 전통적 편견이 얼마나 야만스러운 것인가를 먼저 곰곰이 생각해보아야 한다.

감추어버려야 할 한국적인 것들은 실상 보신탕 같은 것들이 아니라 오히려 개고기가 몸에 해롭다는 실감 안 나는 뉴스 한 마디에 이 땅의 보신탕 애호가들이 하루아침에 맥을 못 추는 소심성, 백인들의 편견을 맞춰가려는 낯간지러운 열등감, 오랜 풍습을 당장에 뿌리 뽑으려 드는 획일화되고 경직된 사고방식들이 아닐까 싶다. 여간해서 구정舊正이 사라지지 않는 것처럼 보신탕 또한 유감스럽게도 이 땅에서 사라지지 않을 것이다.

하고 싶은 일

먹고 싶지 않은 음식을 억지로 먹어야 되는 일이 가끔 있다. 사고 싶지 않은 물건을 어쩔 수 없이 사야 하는 경우도 드물지 않다. 가고 싶지 않은 여행길에 올라 인생이 바람 든 무 속처럼 팍팍하게만 느껴질 때, 어쩌다 만나는 것조차 싫어 죽겠는 사람을 노상 만나야 될 때, 말을 꺼내기 전부터 하기 싫어진 말을 끝까지 해야 하고 그리하여 밑도 끝도 없는 혐오감들이 깊은 밤 머리맡에까지 따라와 출렁거릴 때, 하기 싫은 짓만 골라가면서 해야 되는 것이 숙명처럼 캄캄하게 앞을 가로막는 그런 순간들이 가끔씩 있다.

죽기 싫어 죽겠을 때에 죽어야 하는 것이 인간의 숙명이기에, 그 연습삼아서 하기 싫어 죽겠는 일만 골라하면서 살아가야 되는 것인지도 모른다. 아무리 하기 싫어도 하지 않으면 안 될 일들이 우리에게는 그처럼 많다. 먹고 싶은 것 다 먹을 수도 없고, 사고 싶은 것 다 가질 수도 없고, 가고 싶은 곳에 다 다녀 볼 수는 더구나 없게 마련이다. 만나고 싶은 사람만 욕심껏 만나면서 살 수도 없고, 하고 싶은 말만 골라 하면서 살 수도 또한 없다. 듣고 보고 읽고 느끼고 하는 것들이 모두 마찬가지일 것이다.

하고 싶은 일만 골라서 하려고 안간힘을 쓰는 사람이야말로 어쩌면 이 세상에서 가장 어리석은 사람일지도 모른다. 그러나 아무리 어리석을지라도 사람이란 하고 싶은 일이 있어야 하고 또 있게 마련이다. 하기 싫은 일들이 겹칠 때마다 그것은 더욱 더 절실한 것이 되어 우리를 초조하게 만든다. 평생을 걸고 하고 싶은 일 한 가지를 하기 위해서 우리는 수천 수만 가지의 하기 싫은 일들을 기꺼이 겪어야만 하는 것인지도 모른다.

죽을 때 기꺼이 죽는 것이 죽음에 임하는 종교적 이상이기에 살아서 모든 고난들을 기꺼이 받아들이는 것 또한 인생의한 슬기이리라. 사람에게는 목숨을 걸고라도 해내지 않아서는 안 되는 하고 싶은 어떤 일이 반드시 있어야 한다. 그것이 아무리 어리석고 우직하고 단순한 인생태도일지라도 그것이 없다면 우리가 참고 견디면서 겪어야 하는 인생의 모든 시련들이 얼마나 신경질 나고 혐오스럽기만 할 것인가. 우리의 집념들이 보다 단순하고 소박해질 때까지 우리의 인생과 우리의 시대는 결코 초조하지만은 않을 것이다.

유행가처럼

유행가처럼 떠난 사람, 유행가처럼 거덜난 청춘, 유행가 같은 희망, 유행가 같은 이별이며, 추억이며 사랑 등등 이 세상에는 아닌게아니라 유행가 같은 것들이 많고 또 많다. 그럴 때 쓰이는 유행가라는 말들은 대개 별로 대단찮은, 크게 상처를 주고받을 것도 없고 그냥 스쳐 지나가도록 되어 있는, 경우에 따라서는 얼마든지 무시해버릴 수 있는 정도의 의미로 쓰이는 게 보통이다.

대부분의 사람들은 너나없이 그 유행가를 즐긴다. 유치원이나 국민학교 학생들에게서부터 대학을 거쳐 늙어가는 어른들에게 이르기까지 그 스쳐지나가도록 되어 있는 유행가 문화에 속속들이 젖어 산다. 그 유행가 문화권 안에서는 따라서 우리가 절대로 잊어서는 안 되는 것들을 쉽게 잊어버리기도 하고, 결코 무시할 수 없는 것들이 얼마든지 무시되기도 한다.

인생의 통증이나 진실이 쉽게 잊혀지고 쉽게 무시되는 그 재미로, 아무리 심각한 슬픔이나 괴로움일지라도 그것들을 오히려 가볍게 즐길 수도 있는 그 재미로 유행가들은 끊임없이 유행된다.

보다 가볍게 보다 부담없이 사람들은 다투어 유행가를 즐긴다. 스님이나 목사님도 웬만한 자리면 유행가 부르기를 서슴지 않는다. 선생님 앞의 학생이나 학생 앞의 선생님도, 심지어 성악 전공 선생님도 별로 이를 악물며 괴로워하는 일 없이 스스럼없이 유행가를 부른다. 그 들 중의 누군가가 놀이판이 벌어진 곳에서 음악시간에 배운 노래를 부르기 위해서는 그야말로 얼굴에 철판을 몇 벌씩 깔아야 한다. 보통 강심장이 아니고는 도저히 그 문화를 감당해낼 도리가 없다.

그 유행가들 중에는 또 유행가답지 않게 흘러간 옛 노래들이 틈만 나면 악착같이 재생되기도 하고 유행될 아무 조건도 갖추기 못한 채 어떻게든 유행을 타기 위하여 몸부림치는 억지 유행가도 적지 않다. 억지가 통용되는 문화권에서는 그것 또한 얼마든지 유행가가 되어 군림할 수도 있을 것이다.

요즘 유행하는 풍조들 중에는 그런 억지 유행가 같은 것들은 없는지 당면한 아픔과 진실을 유행가처럼 가볍게 즐기려는

풍조는 없는지. 새봄과 더불어 이 땅에 범람하는 유행들이제
발 그 억지 유행가 같은 것이 아니기를 바랄 뿐이다.

안타까운 나무들

4월이 또 가고 있다. 꽃샘바람이 몇 차례씩이나 휩쓰는 동안에 온갖 봄꽃들이 다투어 피었다 지고 이제는 바야흐로 이 강산에 신록들이 우거지려 한다. 남도의 어느 지방에서는 어느새 모내기가 시작되었다고 한다. 거리에 나다니는 사람들의 옷차림들이 눈에 띄게 가볍다.

가고 오는 계절들이 분명하게는 구별되지 않는 것 같지만 그러나 분명한 것은 그 분명하지 않은 것 같은 계절들의 오고 감이다. 꽃샘추위가 아무리 봄이 오는 길목을 가로막고 있었다 하더라도 이미 그 꽃샘추위 이전부터 봄은 오고 있었고, 온갖 꽃들이 다투어 피고 지는 속에서 어느새 신록은 번져 자리를 잡아가고 있는 것이다. 손바닥으로 하늘을 가릴 수 없는 것처럼 이 자연의 절대질서를 감히 가로막을 수 있는 것이란 아무 것도 없다.

온갖 풀들이 꽃들이 나뭇잎들이 새 꿈을 가꾸어 가는 이 야단스런 계절 안에서, 그러나 계절 감각이 둔해서일까, 혹은 이미 지나간 추위가 아직도 조심스러워서일까, 그도 아니면 아주아주 게을러서 대기만성이라는 말이나 무작정 믿으려드는 것일까, 아직 잎도 피우지 않고 지난 겨울의 앙상한 모습 그대로인 나무들도 아직은 꽤 많다.

지난 겨울의 유난한 추위를 못 견디어 마침내 죽어버린 것도 같은 그 나무들, 계절의 잔치에 한 몫 끼지 못하고 계절의 그늘 속에서 때로는 우리를 섬뜩하게 만들기도 하는 그 나무들, 우리를 안타깝게 하고 답답하게 하고 우울하게 하고 맥풀리게 하는 그 나무들.

우리는 그 게으른 가지를 꺾어 그들의 생사를 확인해보고 싶다. 무심한 줄기를 잘라서라도 그들의 겨울잠을 털어내고 싶다. 그 지겹게 거느리고 있는 낡은 꿈들을 깡그리 없애고도 싶다. 누추하고 알량한 꿈들에 짓눌리어 아직껏 잎도 꽃도 못 피우는 나무들이 안타깝다.

용서에 대하여

　서울에서 광주에서 대구에서 부산에서 교황 요한 바오로 2세는 용서라는 낱말을 가장 많이 사용했다고들 한다. 그 용서가 이 땅을 바람 탄 깃발들처럼 휩쓸고 지나갔다. 성경 구절대로 하루에 일곱 번씩 일흔 번을 용서한다 하더라도 용서는 얼마든지 필요한 미덕일 수도 있다. 그러나 일곱 번씩 일흔 번이라면 하루 24시간 동안 거의 3분 만에 한 번씩 용서해야 되는 숫자라고 하는데 과연 누가 누구를 그렇게 용서할 수 있을 것이며 또 누가 누구에게서 그 용서를 다 받을 수 있을 만큼 뻔뻔할 수 있단 말인가.

　하긴 우리가 살고 있는 세상에는 아닌게아니라 그렇게 뻔뻔한 사람도 많다. 따라서 그처럼 쓰라린 인내가 또 필요하기도 하리라. 용서란 쓰라린 인내를 필요로 하는 지상의 미덕이다. 그러나 그처럼 많은 용서가 필요한 사회는 결코 용서할 사회가 못된다. 그렇게 많은 용서를 필요로 하는 역사는 자랑할 역사가 못된다. 그처럼 많은 용서를 필요로 하는 인간관계는 용서가 오히려 악덕일 수도 있는 법이다.

그 용서는 경우에 따라 나약하고 비겁한 이들의 자기보존이나 자기 합리화를 위한 빛깔 좋은 방패에 불과한 것일 수도 있다. 어쩌면 그것은 쓰라린 배반감이나 치열한 분노에 대한 종교적 표현이기도 할 것이다. 이 땅에서 탄생한 103인이나 되는 천주교 성인들은 우리의 자랑이기에 앞서 우리 역사의 치부, 배반과 분노로 얼룩진 치부를 역설적으로 증거하는 쓰라림 바로 그것이다.

이 땅에서 자행되어 인류양심에 얼룩지는 그 치열한 분노에 대하여 교황은 아닌게아니라 용서라는 말밖에 더 이상 할 말이 없었을 것이다. 분명히 나이 든 노인이면서도 영락없이 장난꾸러기 어린아이 같은 티 없는 그 모습을 상기하면서 용서라는 깃발로 감추어야 했던 그의 티 없는 분노는 뜻있는 이들의 가슴가슴에 새삼스러운 충격을 주었으리라. 이 땅에서 자행된 떼죽음과 우리 시대가 감당하고 있는 국제적 만행들에 대하여 상당한 경종과 위안이 되었으리라. 일곱 번씩 일흔 번을 절망한 뒤에라야 비로소 다만 한 번이라도 용서를 할 수 있는 것이라면 정말 용서처럼 고귀한 미덕은 없을 것이다.

행여 그 고귀한 미덕을 남용하지는 말자. 그 고귀한 미덕에 마비되지는 말자. 그것이 남용되어 마침내 마비되는 지경에 이르러서는 양심도 정의도 지성도 희망도, 그리고 우리의 가장 소중한 사랑과 신뢰까지도 마비되어버리는 혼돈을 겪어야 한다. 분노도 절망도 없이 용서를 서둘지 말자. 용서란 그것이 마지막 카드일 때에만 진실로 고귀한 미덕일 것이다.

3부

멀고도 먼 나라
북한 기행

담배 피우러 북녘에 간 것처럼

작고하신 소설가 황순원 선생이 남긴 글에 금연에 관한 시가 있다. 시 제목은 잘 기억나지 않지만, 개가 물에 빠진 소년을 구해준 신문기사를 읽고 동화가 실현되었구나 싶은 그 감동 때문에 끊었던 담배를 다시 피웠고, 이튿날 그 기사가 오보라는 걸 알게 되면서 실망감 때문에 다시 담배 한 대를 더 피웠노라는 내용의 시다. 담배 두 개비로 시 한 편을 쓰신 셈이다.

나는 지금 담배를 입에 문 채 이 글을 쓰고 있다. 두 달쯤 담배를 잘 참고 지내다가 평양행 수속을 밟으면서부터 아니 평양에 가게 될 것 같은 얘기가 오가면서부터 일말의 미련도 뉘우침도 없이 틈만 나면 줄곧 담배를 피워대고 있다. 수유리 통일교육원 방북교육을 받던 강당 밖에서 터미널에서 공항에서 만경대에서 소년궁전에서 버스 뒤에서 호텔에서 묘향산에서 김일성, 김정일 기념품전시관에서 기념품상점에서 김일성 동상들 앞에서 개선문에서 주체탑 옆에서 김일성대학 정문에서 그 대학 난간에서 삼지연 고려항공 비행기 옆에서 화장실에서 순안공항 영접실에서 백두산 정상에서 김정일 생가에서 동명왕릉 앞에서 정릉사 안에서 단군릉에서 대동강 유람선 안에서 보통문 안에서 연광정 난간에서 지하철 승강장에서 옥류관에서 단고기집에서 카메라 셔터를 누르면서 남북청년학생들 만남의 모임에서 식탁에서 술집에서 서해갑문 바닷가에서 반갑다고, 혹은 다시 만나자고 손을 흔들면서…… 무슨 담배를 그렇게 아무 때 아무 데서나 피워댔느냐고 누가 나무라실지 모르지만 여기 적힌 것들은 그야말로 새발의 피에 불과하다. 마치 담배를 피우기 위하여 북녘에 간 것처럼 목에 감긴 감기기운쯤 마음 쓸 틈도 없이 마구마구 피워댔다.

혹시라도 못 가게 되면 어쩌나 싶은 쓰잘 데 없는 걱정 때문에 피웠고 북녘을 누비게 된 감격 때문에 피웠고 짧은 기간 동안에 보고 겪은 북녘의 실상들이 나에게 안겨주는 충격과 고통 때문에 피워댔다. 우리가 겪는 이 민족적 야만을, 이 노릇을 정말 어쩌면 좋으냐 싶은 걱정 때문에 전주에 가면 다시 담배를 참아야지 단단히 벼르던 결심도 저만큼 잊어버리고 있다. 40여 년 담배를 피우는 동안에 요즘처럼 적극적으로 담배를 피운 적은 없다. 북녘의 따가운 가을햇살에 그슬린 내 얼굴이 담배 때문은 아닐까 문득문득 의심스러울 지경이다.

며칠 동안 가까스로 참아주던 감기 기운이 전주에 오자마자 다시 도진다. 팔 다리가 뻐근뻐근 나른나른하다. 자기를 잊고 지내면 안 된다고 감기가 누구처럼 투정을 부리는 것 같다.

똘밤똘밤한 소설가

당신은 매사에 엄벙하고 어리숙해서 걱정인데 이참에 이병천 선생과 같이 가게 돼서 좀 마음이 놓인다고, 매사에 똘밤똘밤한 이병천 선생만 줄곧 따라다니라고 아내는 몇 차례나 못을 박는다. 똘밤똘밤이 아니고 똘방똘방이라고 고쳐주면서 나도 몇 차례나 고개를 끄덕거렸다. 몇 차례나 끄덕이긴 했지만 내가 아는 소설가 이병천은 똘방도 똘밤도 전혀 아니다. 그는 언제 어디로 튈지 모르는 기발한 생각들을 일용할 양식처럼 끄리고 사는 사람이다. 아내의 당부를 전해 듣고 소설가 이병천은 사모님은 역시 혜안을 가지셨다고 기고만장이다. 정말로 똘밤똘밤한 사람은 이런 경우 결코 기고만장하지 않을 것이다.

북녘땅에 닿자마자 이참에 우리가 망명선언을 하면 어떻겠냐고 공항으로 가는 리무진 안에서 이병천 선생이 자다 말고 이죽거린다. 역시 똘밤똘밤하다고, 똘방똘방이 맞다고, 그래도 똘밤똘밤이 더 맘에 든다고 남들 잠 깰새라 키득키득 수군거리는 동안 망명을 할 테면 하라는 듯이 리무진은 동이 트는 인천공항에 우리를 내려 놓았다.

북에서 만나게 될 사람들에게 무슨 선물, 남쪽의 담배라도 좀 넉넉하게 준비해서 만나는 사람마다 한 갑씩 돌리자는 내 의견을 듣고 이병천은 공항 안 면세점에서 사면 밖에서 사는 것보다 덜 번거롭고 값도 싸다고 한다. 역시 이병천 선생은 똘밤똘밤한가 여기면서 공항 안 면세점에 들어섰다.

걱정이 하나 있었다. 한글 이름의 담배가 얼른 생각나지 않았다. 사슴, 백양, 진달래, 파랑새, 신탄진, 한강 등등 옛날 담배이름들이 머릿속에 맴돌았다. 시즌, 레종, 타임, 에쎄, 디스, 리치 같은 이름의 담배를 이게 남쪽 담배라고 북쪽 사람들에게 꺼내주기가 좀 민망할 것만 같았다. 한글 이름의 담배가 생각나지 않아서 잠깐 난처했지만 이내 난처해질 필요가 없어졌다. 면세점 안에서 우리는 담배를 살 수가 없었던 것이다. 평양은 국외가 아니고 국내이기 때문에 평양행 비행기표를 가진 사람들은 면세점 물건을 아무것도 살 수가 없다고 한다.

똘밤똘밤한 이병천 선생도 하릴없이 이게 무슨 경우냐고 면세점 점원에게 낯만 붉히다 만다. 담배도 못 사고 맨손으로 평양가는 비행기에 오르긴 했지만, 똘밤똘밤한 이병천 선생의 낯붉히던 모습이 비행기 안에서 내내 고소하다.

담배 참기엔 너무 긴 시간

인천서 평양 가는 대한항공 전세기는 우리 일행을 태우고 서해쪽으로 빠진다. 인천서 평양까지 곧바로 가로질러 가는 게 아니고 일단 서해바다쪽으로 빠져서 북으로 올라가다가 바다에서 평양쪽으로 들어간다. 내 좌석은 이등석 맨 앞줄 창가에 있고 이병천 피디는 삼등석이다. 그까짓 좌석쯤 아무러면 어떠랴 싶은데 행사 집행부측 젊은이들(전대협동우회 회원들)이 자나치다가 일부러 다가와서는 제대로 신경 못 써드려서 죄송하다고 헛인사들을 해쌌는 바람에 그 쓰잘 데 없는 좌석 배정에 더러 신경이 쓰인다.

정상적인 좌석배정이라면 나이로 보나 키로 보나 내가 일등석일 텐데, 키 같은 게 기준이 못 되더라도 나나 이병천 피디는 당연히 1등석에 있어야 할 텐데 뭔가 좀 잘못되어 있다는 생각은 지워지지 않는다. 일등석에는 한완상 단장과 국회의원들(송영길, 임종석 등) 그리고 집행부 젊은이들이 타고 있다. 아마도 임원진과 집행부 젊은이들끼리 우리들의 일정에 대해서 긴밀하게 나눌 얘기들이 있었을 것이다. 나로서는 이병천 피디와 떨어져서 서로 말 한 마디 못 나누고 평양으로 가고 있는 것이 오로지 아쉽다.

바닷길이 열리고 기찻길이 열리고 버스길이 열리고 이제 하늘길도 열렸다는 사실 때문에 비행 고도가 높아질수록 가슴이 조금씩 더 콩닥거린다. 해방도 되기 전, 1945년 8월 10일에 미국이 그어놓은 삼팔선 때문에 미군과 소련군에게 분할점령을 당했던 한반도, 거의 60년 가까이 맘놓고 오가지 못했던 막힌 길들이 이제 눈꼽만큼씩 허물어지고 있는 것이다. 눈에 보이지도 않는 삼팔선도 휴전선도 비무장지대도 이 비행기는 눈을 뜬 채로 훌쩍 건너왔을 것이다. 그렇게 열린 길들 위에 민족의 마음길도 정말 깔릴 것인가.

비행기가 고도를 낮추며 평양으로 다가간다. 가슴이 더 콩닥거린다. 연안의 짙푸른 바다와 누렇게 출렁이는 들판의 황금물결과 푸른 산들이 다가온다. 산기슭에 자리잡은 집들도 보인다. 옹기종기 오밀조밀한 집들이 아니라 울타리도 없이 일정한 간격으로 배열되어 있는 모습이 마치 병영의 막사들 같다. 비행기 아래 여기 저기 보이는 바둑판 같은 그 집들이 자꾸 삭막해 보인다. 콩닥거리던 가슴이 서늘하게 식으면서 인천에서 떠난 지 불과 50분 만에 비행기는 평양 외곽의 순안공항에 닿았다.

공항 옆 개천에서는 윗옷을 벗어재낀 사람들이 고기를 잡고 있었다. 지나치는 눈길이어서 자세히 살피지는 못했지만 개천의 일부를 막고 물을 품어서 고기를 잡는 게 아닌가 여겨졌다. 공항 주변의 코스모스가 피어 있는 뚝방길로 부인인 듯 보이는 여자를 뒤에 태운 자전거를 타고 가던 남자가 우리가 탄 대한항공 쪽으로 손을 흔들다 비틀거리더니, 자전거를 세우고 여자와 함께 활짝 웃으며 손을 흔들어 보였다.

애초에 나는 걸어가지는 못할지라도 몇 시간이 걸리든 버스를 타고 북에 가게 되기를 바랐었다. 북녘의 산천에 대한 오랜 갈증 때문이었을 것이다. 서울에서 평양까지 택시 요금 오만 원이라던 노래 가사가 떠올랐다. 인천에서 평양까지 비행기로 50분, 참으로 허망한 시간이었다. 나는 우선 담배부터 피우고 싶었다. 손가락 사이에 담배를 끼고 한 손에 일회용 라이터를 들고 공항을 빠져나왔다. 아무리 허망한 50분일지라도 담배를 참기에는 너무 길었다. 여기 저기 건물 벽이나 옥상 등 눈길 닿을 만한 곳마다 붉은 구호들이 우리를 맞이하고 있었다. 우리는 그렇게 구호의 나라에 들어섰다.

야만의 나라

우리 일행은 여섯 대의 버스를 나누어 타고 호송차량을 앞세워 숙소인 청년호텔로 향했다. 30층이 넘는 청년호텔은 평양시 청춘의 거리 한켠에 우뚝 솟아 있었다. 순안공항에서 평양 시가지까지 가는 동안, 차 안에서 바깥 풍경 좀 찍지 말아달라고 안내원 선생이 우리에게 부탁한다.(북에서는 웬만하면 선생이라는 호칭을 즐겨 쓰는 것 같다. 안내원은 안내원 선생, 접대원은 접대원 선생, 단장은 단장 선생, 이병천 피디는 연출가 선생, 날더러는 교수 선생이라고들 불렀다. 님짜는 경우에 따라 붙이기도 떼기도 했다.) 안내원 선생의 부탁을 듣고보니 아닌게아니라 차창 밖은 모두 사진으로 담아두고 싶은 풍경들이다.

산악지대가 많은 북녘에서 평양平壤은 말 그대로 평평한, 땅이 넓은 곳이다. 살구꽃 핀 마을은 어디나 고향 같다던 시조도 있지만, 황금물결 출렁이는 아득한 들판은 나로서는 언제 어디서든 정겹다. 길은 넓어도 나다니는 차가 별로 눈에 띄지 않았고 중앙선이 있지만 그걸 지키라고 그어 놓은 것 같지는 않았다. 우리를 태운 버스들은 필요하면 그 중앙선을 아무렇지도 않게 한참씩 넘나들곤 했다. 드문드문 보이던 사람들과 드문드문 눈길을 끌던 붉은 구호들이 평양이 가까워지면서 눈에 띄게 늘어났다. 차량들도 조금씩 늘었다. 사람을 싣고 가는 게 아니라 구호를 싣고 다니는 것처럼 보이는, 커다란 글씨의 구호가 휘감긴 버스나 이층버스나 전차, 뒷칸에 사람들을 태우고 가는 화물차, 소형승용차는 보이지 않았다. 중형승용차들이 어쩌다 하나씩 지나갔다. 길 한가운데서 태연하게 차를 세워놓고 차를 수리하고 있는 풍경도 이채로웠다

길 가던 이들도, 전철이나 버스나 전차를 기다리는 이들도, 버스나 전차에 타고 있는 이들도 우리를 금방 알아보는 것 같았다. 지나칠 때마다 누가 먼저랄 것도 없이 서로 손을 흔들곤 했다. 그들 중에는 우리쪽을 돌아보지도 않고 그냥 책을 읽으며 걷는 이, 우리를 흘낏 돌아보고는 이내 시선을 거두는 이, 그저 무덤덤하게 바라만 보는 이들도 있었다. 우리 일행들 중에도 그런 풍경들에는 아랑곳없이 그저 끄덕끄덕 졸고 있는 사람도 있었다.

북녘 사람들의 옷은 대체로 디자인이 단순했고 검소하고 단정했다. 어른 남자들은 거의 다 인민군 군복보다 더 어두운 색깔의 옷을 입고 다녔다. 인민복인지 노동복인지 생활복인지 그 이름을 알 수 없었지만, 그들이 입고 다니는 옷의 종류를 나누어 본다면 아마 열 손가락도 다 채우지 못할 것 같았다. 대구 체육대회 때 미녀 응원단이 입고 왔던, 옷고름이 긴 흰 저고리 검정치마는 아마 여대생 복장인 듯, 어쩌다 보이곤 했다.

색안경을 끼고 걷는 이들이 많았다. 남에서는 야외에 나가 멋을 부리고 싶거나 눈길을 감추고 싶을 때 더러 색안경을 끼곤 하는 걸로 알고 있는데 북에서는 남녀간에 색안경 끼고 걷는 것이 일상화되어 있는 것 같았다. 자동차 매연이 적고 그 공해가 적어서 자외선이 두텁고 햇살이 유난히 따갑기 때문에 그 햇살로부터 눈을 보호하기 위해서라고 안내원 선생이 설명해준다. 차량이 드문 평양 거리를 보고 자동차회사들이 군침을 흘리는 것처럼, 북녘의 따가운 햇살은 안경점 주인들이 또 눈독을 올리고 있을지도 모르겠다.

한국전쟁 때 융단폭격을 당했다더니, 평양이 고도古都인데도 옛날집들이 거의 보이지 않는군요, 내가 좀 아는 체를 했더니 안내원 선생이 고개를 깊이 끄덕이며 덧붙인다. 그 해방전쟁 때 인구 일인당 폭탄 하나씩 맞았습네다. 평양이 다 잿더미 됐댔시오. 미제라면 이가 갈립네다. 위대한 수령님의 령도에 따라 오늘날 이케 일궈냈습네다. 전차 정거장에 서 있던 사람들과 서로 손을 흔들며 반갑습니다 안녕하세요를 주고받는 바람에 안내원 선생의 말이 더 이어지지 못했다.

손 흔들려고 평양에 온 사람들처럼 사람들이 보일 때마다 우리는 일삼아 손을 흔들었다. 차창에 쏟아지는 햇살이 유난히 따가웠지만 누구도 커튼으로 그 햇살을 가리려 들지 않았다. 평양 중심가에서도 상업적 간판들은 거의 볼 수 없었다. 서로 흔드는 손길 너머 햇살 너머로 여기저기서 간판 대신 붉은 구호들이 우리를 지켜보고 있었다.

'70년대 중반, 내가 시 쓰기를 그만두고 줄창 술만 마실 무렵, '표어의 나라' 라는 제목으로 시를 썼다가 버린 일이 있다. 전주에서 목포까지 버스로 가는 동안에 차창에 스치는 반공표어들을 편집 없이 차례로 모아 놓은 글이었다. "이웃집에 오신 손님 간첩인가 다시 보자" 에서부터 시작되어 띄어쓰기도 쉼표도 마침표도 없이 다닥다닥 이어 쓴, 두 페이지도 넘던 그 반공 표어들이, 북녘의 붉은 구호들을 보면서 새삼 떠올랐다.

지금도 남녘의 어느 시골길에서는 그런 비슷한 반공 표어들이 섬뜩섬뜩 눈길을 끌기도 하는데, 생각해보면 남과 북에서 다투어 자행되고 있는 야만이 어찌 그것뿐이랴. 그 붉은 구호들이 노리고 있는 우상화와 통제의 야만, 툭하면 빨강색을 뒤집어씌우는 남녘의 야만, 지역감정의 야만, 부패와 인신매매의 야만, 광복절에 성조기를 휘두르는 야만, 남북문제의 보호막을 찢어발긴 특검의 야만 등등 이루 헤아리기조차 어려운 우리의 야만들이 흔드는 손길 너머 따가운 햇살 너머로 아득하게 슬프다.

호텔에 방을 배정받아 짐을 풀고 우리는 다시 조별로 버스에 탔다. 안내원 선생들이 버스마다 대여섯씩 동승했다. 그들은 버스가 움직이기 전에 몇 차례씩 우리의 머릿수를 헤아리곤 했다. 이동식 가두리 양식장, 4박 5일간의 이 답답한 질서에 사람들은 점점 익숙해지기 시작했다.

방랑, 얼마나 그리운 말인가

'어린이는 왕이다'라는 말은 아마 김일성 주석의 어록쯤에 기록되어 있을 것이다. 그 김일성 주석이 어린이를 위하여 지었다는 집, 어른이 양팔을 벌려 어린이를 껴안고 있는 듯한 구조의 이 건물이 바로 그 유명한 소년궁전인지, 아니면 소년궁전은 또 따로 있는지, 담배 피우고 셔터 눌러주고 하는 동안에 일행들은 저만치 물빛 한복을 단정하게 입은 여성 안내원 선생의 강의를 들으면서 건물 안으로 들어갈 차비를 하고 있다. 이 건물이 소년궁전이든 아니든 그런 것이 나에겐 별로 궁금하지 않다.

연출가 선생님 사진 담에 찍고 날래 따라갑시다. 우리 주변에서 머뭇거리던 또 다른 안내원 선생이 우리를 채근한다. 사진 찍으랴 담배 피우랴 위생실(화장실) 찾아가랴 일행들 따라가랴, 전주에서 새벽 3시 차를 타려고 밤을 새운 이병천 연출가선생과 나는 몸이 바쁘다. 흙탕물 속에서 살다가 이따금씩 주둥이를 물 밖에 내놓고 뻐끔거리는 붕어들처럼 연출가 선생과 나는 틈만 나면 담배를 피웠다. 우리가 일행과 좀 떨어져서 딴전을 피우노라면 안내원 선생 하나가 반드시 우리 주변에서 머뭇거리다가 어영부영 다가와 갈 길을 채근하곤 했다.

이 글을 읽다 말고 안도현 시인은 〈해지는 집〉(내 홈피 이름)에 찾아와서 '정양의 북한 방랑기'라는 흔적을 남겼던데, 흙탕물 속 같은 이 이동식 가두리를 '방랑'이라는 이름으로 이죽거리며 미화시키고 있던데, 우리보다 앞서 평양에 다녀왔던 안도현 시인이 이 가두리를 모를 리가 없다. 방랑, 정말 얼마나 그리운 말인가. 가는 곳마다 담배를 뻐끔거리며 우리는 방랑이 그리운 이 흙탕물 속에서 온몸을 뒤틀며 퍼득거리고 싶었다.

　대리석으로 치장된 건물 안에는 좌우로 일백 몇 십 개의 크고 작은 교실들이 자리잡고 있다. 왼쪽이 과학관, 오른쪽이 예능관이라고 한다. 나라 안의 재주 있는 어린이들이 분야별로 나뉘어 재주를 연마하는 학습장들이다. 여성 안내원 선생의 강의를 들으면서 우리 일행은 그 학습장들을 방마다 기웃거렸다. 기웃거리기만 하는 게 아니라 그 안에 들어가서 어린이들의 어깨를 토닥여주고 더러 박수를 쳐주기도 하면서 일행들은 칸칸이 돌아다녔다. 어린이들은 자기 일에 매달려 우리들에게 별로 눈길도 주지 않는 것 같았다.

　그림 그리는 아이들, 붓글씨 쓰는 아이들, 수틀에 매달려 수를 놓거나 악기를 다루거나 컴퓨터 프로그램을 제작하거나 무슨 모형 만들기에 여념이 없거나 각종 체조나 춤을 추는 등등의 아이들 곁을 지나치면서 나는 그 아이들에게 자꾸 미안한 생각이 들었다. 이렇게 기웃거리고 돌아다니는 것이 아이들의 집중력에 방해가 되지 않겠느냐고 내 옆에 붙어다니는 안내원 선생에게 걱정을 했더니, 아닙네다. 오히려 아이들이 더 긴장이 돼서 높은 집중력이 생길 겁네다. 걱정 마시라고 안내원 선생은 오히려 나를 걱정해 준다. 나는 맘 속에 괄호 하나를 열고 녀석에게 얼른 감자 하나를 먹였다. 요놈이나 먹어라. 그리고 서둘러 괄호를 닫고 고개를 끄덕여주며 말했다. 그럴 수도 있겠네요. 그럴 수 있으면 얼마나 다행이겠어요.

그렇게 몇 층쯤 더 올라갔는지 내려갔는지 기억이 없다. 우리는 그 건물 안에 있는 커다란 원형극장에 들어갔다. 우리 문화유적 답사단을 환영하는 어린이들의 공연이 있다고 한다. '우리는 하나 핏줄도 하나 역사도 하나 언어도 하나 둘이 되면 못 살 하나……' 노래를 부르는 관중들이 극장 안에 가득하다. 평양의 대학생들 같았다. 검정치마 흰 저고리의 여학생들이 손을 흔들며 노래 부르며 우리를 환영했다. 다른 쪽은 조명이 어두워서 잘 안 보이고 노래소리만 들렸다. 극장에 들어서는 우리 일행들도 그 노래를 합창하면서 안내된 좌석에 앉았다.

관중석의 노래소리가 그치고 어린이들의 공연이 시작된다. 춤이며 노래며 악기솜씨며 모두 깜찍하고 예뻐보인다. 남쪽에 와서 공연하던 낯익은 꼬마들의 모습도 보였다. 마지막 장구 치는 꼬마는 키며 생김새며 꼭 여덟살짜리 내 둘째 외손자 남호녀석 같다. 장구치는 꼬마의 익살맞은 표정과, 장구솜씨에 관객들이 열광한다. 어린이들의 공연을 보면서 나는 자꾸만 눈물을 닦았다. 닦아도 닦아도 자꾸만 눈물이 쏟아졌다. 공연이 끝나고 만경대로 가는 차 안에서도 내가 쏟은 눈물을 나는 스스로 설명할 길이 없다. 아이들이 너무 귀여워서? 아이들이 슬퍼보여서? 꿈을 꾸는 것 같아서? 어쩌면, 저토록 귀여운 아이들이 겪어야 할 우리의 야만 탓일지도 모른다. 하여튼 모르겠다.

만경대에서도 우리는 위대한 수령, 위대한 주체사상, 위대한 위대한 위대한을 수없이 수없이 듣고 보다가 어둑어둑해진 길을 따라 호텔로 돌아왔다. 돌아오는 길에 길가에 있는 꼬마들만 보아도 또 눈물이 쏟아지려고 한다.

조선민주주의 인민공화국 사회주의 청년동맹에서 남조선 청년학생 문화유적 답사단을 열렬히 환영한다는 환영만찬이 우리를 기다리고 있었다.

잃어버린 만년필, 잃어버린 시집

나로서는 맘먹고 기다리던 만찬이었다. 북에 오기 전에 나는 한국전쟁 직전 월북했던 시조시인 조운 선생의 유족을 만나고 싶다는 희망사항을 이쪽 민화협(민족화합협의회)을 통해서 그쪽 민화협쪽에 전했고, 최선을 다하겠지만 아마도 어려울 거라는 그쪽의 입장을 전해듣고 그래도 혹시나 하는 희망을 버리지 않고 있었다.

순안공항에서 앞장서서 비행기를 내렸던 이들은 곧바로 공항 영빈실로 안내되었는데, 그 자리에서 나는 우리를 환영나온 사회주의 청년동맹 단장선생(이름은 기억나지 않음)에게 내 희망사항을 상의해 보았다. 조운선생 아드님들 이름이 조홍제 조청제 라는 점, 나이는 70대 중반일 것이라는 점 등등을 말했다. 자기는 미리 연락 받지 못한 일이라고, 그러나 최선을 다하겠다며 수행원인 듯한 사람을 불러 뭔가를 묻고 지시하는 것 같더니 단장선생이 다시 나에게 다가왔다. 이따가 저녁 만찬 때 장혜명 시인이 참석하도록 되어 있으니 그 때 그분과 '구테덕'으로 상의해보라고 한다.

장혜명 시인이 원래 만찬 때 참석하도록 되어 있었는지 내 얘기를 듣고 단장선생이 따로 참석을 요청했는지는 나로서는 궁금한 일이 아니었다. 장혜명이 누구인지는 잘 모르지만 하여튼 북의 문인을 만나게 되면 할 말이 많아질 것 같고, 내 일도 어느 정도 이루어지리라 싶어서 마음이 미리 든든했다. 내 요구를 진지하게 대해주는 단장선생이 고마웠다. 어려서 같이 살던 이종형들을 만나게 될지도 모른다는, 내 접어두었던 희망사항에도 새삼 살이 올랐다. 김일성주석이 아끼던, 북쪽 문단의 큰 별이었다던 조운 시인, 유족을 만나지 못하더라도 최소한 소식은 알 수 있을 것만 같았고, 그리고 조운선생에 대한 자료들을 구하는 것쯤은 매우 간단한 일로만 여겨졌다. 내가 썼던 조운시인에 관한 글(이슬의 꿈과 탱자의 꿈)의 속편도 쉽게 완성될 것만 같았다. 평양 첫날밤의 부풀었던 그 만찬이 시작되었다.

정장차림으로 메인 테이블에 앉으라는 부탁을 사양하고 그 건너편 식탁에 앉았다. 정장차림을 준비해오지 않은 게 천만다행이구나 싶었다. 누가 뭐라고 환영사를 하고 답사를 했는지 그런 것에 대해서 나는 전혀 관심이 없었다. 호텔 3층에 있는 만찬장 주변에는 한복을 곱게 입은 북한 여성들이 빙 둘러서 있고, 역시 한복을 곱게 입은 접대원 선생들이 식탁 사이사이에서 술과 음식을 나누어주곤 했다.

식탁에는 남측 사람들과 북측 사람들이 섞여 앉아서 서로 인사를 나누며 박수를 치며 그 때마다 조국통일을 앞당기자며 건배를 했다. 술잔을 입에 댔다가 뗄 때마다 나는 조금씩 술을 마시곤 했는데, 잔을 내려 놓으면 이내 접대원 선생이 다가와서 내가 마신 만큼씩 첨잔을 하곤 했다. 어쩌나 보려고 술을 좀 많이 마셔보았더니 어김없이 내가 마신 만큼을 또 채워준다. 남에서는 술꾼들이 첨잔을 싫어하는 편인데 북에서는 그렇게 마신 만큼씩 술을 채워주는 게 예의인 모양이다.

육류를 중심으로 차린 화려한 안주들 속에는 해산물 요리가 거의 없었다. 뭐 그런 사정이 좀 있겠거니 여기는 동안, 가급적 덜 취하려고 아껴 마신 들쭉술이 들쭉날쭉 취해왔다. 남쪽에 대한 궁금증이 전혀 없는 것처럼 북측 사람들 그 누구도 남쪽에 관한 얘기를 묻지 않았다. 북쪽을 궁금하게 여기는 남쪽사람들도 없는 것 같았다. 화기애애한 만찬이었지만 사실은 식탁마다 화제가 궁했다. 서로 궁금증을 감추는 것이 예의인 것 같았다. 여자들이 처음 만나면 서로 제 남편 칭찬을 하다가 친해지면 다투어 흉을 보기 시작한다는데, 이 사람들은 과연 언제쯤 서로 다투어 나라 흉을 보게 될 건지 들쭉날쭉 취하는 중에도 아득하게만 여겨진다.

이쪽 저쪽 식탁으로 자리를 옮겨다니는 사람들이 늘어났다. 나는 장혜명 시인이 나에게 와서 인사하기를 기다리고 있었다. 그런 사람은 오지 않았다. 내가 그를 찾아나서기로 했다. 안내원선생이 저분이 장혜명 선생이라고 내 뒤쪽 건너편 식탁에서 이병천 피디와 환담중인 사내를 가리켰다. 50대 중반쯤 되어 보였다.

내 꿈이 너무 야무졌나 보다. 장혜명 시인은 나에 대한 사전 지식이 전혀 없었다. 단장선생이 나 때문에 그를 이 자리에 초대한 것이 아니었다. 그는 원래 이 자리에 오도록 조치되어 있었던 것이다. 자초지종 내 얘기를 듣고 나서 장혜명 시인이 단호하게 말했다. 조운 시인의 유족을 만나는 것은 전혀 불가능하다고, 그리고 연구자료를 구하는 일은 최선을 다해보겠지만 아마도 어려울 거라고, 너무 기대하지는 말라고 못을 박는다. 숨이 막히고 술기운이 싹 달아났다.

나는 작가 출판사에서 복간한 『조운시조집』한 권과 조운시인에 관한 내 논문 한편과 내 시집 『눈 내리는 마을』한 권을 그에게 주었다. 그는 재빨리 주위의 눈치를 살피고는 건너 건너편 식탁 위에 있는 로동신문을 잰걸음으로 가져오더니 내가 준 책과 논문을 신문지 안에 담아들고 자리를 빠져나갔다. 그의 거동으로 미루어보건대, 그는 나에게서 받은 것들을 어디선가 황급히 감추거나 버릴 것 같았다. 시집을 잃어버리는 것 같았다. 그가 서둘러 자리를 빠져나간 뒤, 로동신문에 가려진

『조운시조집』과 논문과 내 시집 대신 내 가슴이 점점 답답해
지기 시작했다.

어떻게 만찬이 끝났는지 기억에 없다. 장혜명 시인에게 시
집을 줄 때 꺼내어 싸인했던 내 만년필(4년 전 내가 전북작가
회의 회장을 그만둘 때 회원들한테 선물로 받은 펠리칸)과 내
야무진 꿈을 어디에 흘렸는지도 기억에 없다. 호텔 일층 코너
에 있는 술집에 앉아서 대동강 맥주를 마셨다. 한복을 입은 술
집 접대원 선생들이 곱고 친절했다. 옆자리에서는 남쪽 학생
들이 술을 마시면서, 우리는 하나. 반갑습니다. 등등의 노래를
접대원 선생들과 서로 주고받고 했다. 내일은 다섯시에 일어
나야 한다는데, 취하다 말면 영 잠이 오지 않기 때문에 잠을 자
려고 맥주 몇 병을 더 마셨다. 접대원 선생에게 망치를 하나 달
라고 주문했다. 망치 말씀입네까? 눈을 호들갑스럽게 뜨고 접
대원 선생이 물었다. 이 밤중에 웬 망칩네까? 채워주지도 않
는 잔 깨버릴랍니다.(이건 박남준과 안도현의 버전이다) 미처
몰랐시요 채워드려야디요. 호호호.

일삼아 후배 시인들의 버전까지 동원해 보아도 가슴 답답한
낙담은 더 무겁다. 술값 치르고 한 병 더 달라고 해서 들고 잠
자리로 들어왔다. 혼자 자는 방이 너무 넓었다. 들고 왔던 대동
강맥주를 마저 마셨다.

일없습네다. 같이 가보시자요

 이병천 피디는 20층에 있는 2인실에서 잤고 나는 나이 든 대접을 받느라고 21층에 있는 특실에서 혼자 잤다. 내 코 고는 소리로 옆 사람 시달릴 걱정 때문에 나는 남과 함께 잠들기를 늘 꺼려하는 편인데, 넉넉한 응접실도 있고 위생실(화장실)도 두 개씩이나 딸려 있는 이 특실에서는 그런 걱정으로부터는 일단 자유롭다. 그래도 역시 이병천 피디가 옆에 좀 있었으면 좋겠다.

 맥주에 취해서 잠들면 나는 꼭 새벽에 깬다. 오줌을 싸야 하기 때문이다. 이십여 년 전에는 그 버릇 때문에 집에 든 도둑을 쫓아낸 일도 있다. 전주 진북동 셋집에서 살 때는 새벽에 오줌 싸려고 일어났다가 연탄가스에 중독되어 오줌 싸다 말고 그 자리에 쓰러졌다가, 비틀거리며 일어나서 연탄가스에 중독되어 사경을 헤메는 가족들을 살려내기도 했었다. 일찍 일어나야 할 일이 있을 때 지금도 나는 더러 그 맥주를 애용한다. 간밤에 마셨던 대동강 맥주 덕분에 나는 계획대로 4시 반쯤 잠에서 깼다. 전주에서 못 잔 잠까지 이틀 치를 한꺼번에 잔 셈이다. 아마 서너 시간쯤 잤을 것이다. 아직도 머리가 무겁다.

 커튼을 열고 새벽의 평양 시가를 내려다 본다. 북에 와서 맞는 첫 새벽이다. 호텔에서 멀리 건너다보이는 고층 아파트에 불 켜진 창들이 더러 보이고 아직 어둠이 깔려 있는 넓은 길에 전차가 느리게 지나가고 있다. 평양에는 3,4십 층쯤 높아 보이는 고층아파트들이 군데군데 눈에 띄는데 그것들이 남쪽처럼 다닥다닥 밀집되어 있지 않고 한 채씩 한 채씩 한참씩 떨어져서 있다. 남쪽의 아파트들처럼 직사각형의 건물이 아니고 한 채 한 채가 둥글둥글한 형태로 여기저기 우뚝우뚝 솟아 있다. 일조권 같은 것은 전혀 문제될 게 없어 보인다.

조운 시인 유족을 만나는 일이 그렇게도 불가능한 일인지, 소식이라도 알 수는 없는지, 도서관이나 책방에 가서 컴퓨터 두어 번 두드리면 쫙 올라올 그런 자료일 텐데 연구자료 확보하는 것쯤 뭐가 또 그렇게 어려운 일인지, 기대했던 장혜명 시인이 못내 원망스럽다. 아니, 사람 탓이라기보다는 나로서는 이해하기 어려운 북녘의 무슨 제도 때문일지도 모른다. 생각할수록 답답하다.

3층 식당에서 아침 대신 시래기 국물을 한 그릇 마시고 나왔더니 출발 시간이 30분이나 남는다. 호텔 코너에 있는 책방에 들렀다. 내 연구실 만한 크기의 책방이다. 두꺼운 표지로 만든 김일성 김정일과 관련된 책들이 맨 윗줄에 꽂혀 있고, '50년대 무렵에나 흔히 보이던 형태의 얇고 험한 책들이 모두 그 아래 정리되어 있다. 시집이나 소설책은 어쩌다 한 권씩 그 사이에 섞여 있는데, 내가 알 만한 이름의 시인이나 소설가는 도무지 없다. 시조집도 시조에 관한 책도 조운도 아무리 찾아봐도 없다.

전문서적들은 여기 없어요? 한복을 입은, 좀 퉁명스러워 보이는 책방 점원 선생에게 내가 물었다. 이게 다 전문서적입네다. 무슨 책을 찾습네까? 예, 저 학문적 서적 말입니다. 그만거 나는 잘 모르가씨요, 잘 찾아보시라요. 평양 시내에 대형서점은 어디쯤 있나요? 나는 잘 모르가씨요, 안내원 선생에게 물어보시라요. 나는 민요 민담 전설 등과 관계되는 얇은 책들을 십여 권 골라 점원선생에게 맡겼다. 이따가 저녁에 와서 더 고르고 책값도 그때 드릴게요. 계산 안하고 나가도 되겠습니까? 일없습네다. 잘 다녀오시라요.

'일없다'라는 말이 북에서는 '괜찮다'라는 뜻인 줄 나는 익히 알고 있다. 그 '일없다'라는 말을 북에 와서 나는 벌써 여러 차례 들었다. 북에서는 자주 쓰는 말 같았다. 어제밤 술값을 계산할 때 잔돈 안 받으면 안 되느냐고 물었을 때도 일없습네다. 접대원 선생은 웃는 얼굴로 계산기를 두드려 잔돈을 내주었었다. 그게 괜찮다라는 뜻인 줄 알면서도 그 말이 나에게는 아직도 자꾸 퉁명스럽게만 여겨진다.

오늘은 묘향산에 간다고 한다. 따라나서기는 했지만 젊은이들과 함께 산에 오를 일이 걱정이다. 산길이 얼마나 험하냐고, 걱정된다고 옆에 앉아 있는 안내원 선생에게 물었다. 일없습네다. 버스에서 내려 평평한 길을 조금만 걸으시면 됩네다. 아, 그래요? 다행이군요, 그런데 참, 평양 시내에는 큰 책방이 어디쯤 있어요? 사고 싶은 책들이 좀 있는데…… 그카지 마시고 호텔이나 공항 책방에서 사시라요.

우리의 일정상 책방에 안내할 수가 없어선지 아니면 정말로 평양에 대형서점이 없는 건지 종잡을 수가 없다. 평양에 큰 책방이 없느냐고 다시 물어보려다가 그만둔다. 이따가 밤에 나와 함께 평양 시내에 있는 큰 책방에 같이 가주시지 않겠습니까?라고 내가 물어본다면, 그리고 안내원 선생이 거침없이 일 없습네다 같이 가보시자요 라고 퉁명스럽게라도 대답한다면 묘향산 가는 길은 참 얼마나 아름다우랴. 자꾸 하품이 난다. 아까 마셨던 시래기 국물 냄새가 입안에 텁텁하게 고인다.

빼앗긴 묘향산

평양에서 묘향산까지 160키로, 두 시간쯤 걸린다. 중간 중간에 있어야 할 진입로도 갈림길도 거의 안 보이는, 그야말로 직통으로 뚫린 4차선 길이다. '향산 xx키로' 라는 이정표가 가끔 보인다. 묘향산과 향산은 같은 지명인 것 같다. 맞은편 차선으로 잊어버릴 만하면 한 대씩 버스나 승용차가 지나간다. 소형차 두 대가 겨우 비껴갈 만한 갈림길 하나가 보인다. 이정표에 '영변 가는 길' 이라고 적혀 있다.

남쪽의 차량 50프로만 북으로 보내는 운동을 하자고, 누이

좋고 매부 좋은 일 아니겠느냐고, 교수 선생님도 동의하냐고 이병천 연출가 선생이 진지한 얼굴로 내 의견을 묻는다. 진지해 봤자다. 이병천 피디는 가끔 이렇게 농담을 진담처럼 한다. 아니, 진담을 농담처럼 하는지도 모르겠다. 나도 진지한 표정으로 20프로만 깎자고 했더니 이병천 피디는 단호하게 그건 안 된다고 한다. 나는 할 수 없다는 듯이 그의 50프로에 동의하고 만다. 이병천 피디에게 내 똥차를 뺏기기 전에 북녘에도 어서 좀 차량들이 늘어나서 이 길에 진입로나 갈림길들이 여기저기 자꾸 생겨났으면 좋겠다.

들판의 누런 황금물결이나 강변에서 풀을 뜯고 있는 어미소와 송아지, 그리고 낚시질하는 이들의 모습이 정겹다. 낚시질하는 이의 등을 향해 손을 흔들어 보았다. 잠깐만이라도 그가 뒤돌아보았으면 좋겠다. 그는 끝내 뒤돌아보지 않는다. 이게 무슨 강이냐고 물으려다가 안내원 선생이 졸고 있어서 그만두었다. 강물을 따라가거나 거슬러가는 길, 그 강물과 그 강변은 그 이름이 무엇이든 어디서든 아름답다. 아름다운 걸 보면 언제 어디서든 나는 조금씩 슬프다. 나이 탓일 것이다.

묘향산 국제친선전람관 근처에는 사람들이 제법 붐볐다. 국제친선전람관은 김일성 주석과 김정일 위원장이 세계의 명사들로부터 받아둔 선물을 보관해놓은 집이다. 으리으리하기가 무슨 동화 속 궁전 같다. 이곳에 와서 붐비는 북녘 사람들은 그 차림새나 태도로 보아 등산객이나 관광객들이 아닌 것 같다.

북녘의 각종 단체들에서 온 단체별 참배객들일 것이다. 한 팀이 들어갈 때마다 문이 열렸다 닫힌다. 우리팀(7조 8조)이 닫힌 문 앞에 다가서면서부터 우리를 맡은 그곳 전람관 강사 선생의 강의가 시작된다.

위대한 위대한 위대한 경애하는 위대한 주체사상과 수령님과 장군님의 이름이 다시 우리들 귀에 못박히기 시작한다. 구리 4톤으로 만든 문인데 손가락으로 가만히 밀면 스르르 열린다고 누가 나와서 열어보라고 한다. 열려라 참깨, 열려라 참깨, 한 여학생이 손가락으로 육중해 보이는 문을 가볍게 연다. 손가락으로 문 여는 장면을 사진으로들 찍어댄다. 문 안에 들어서자 카메라를 비롯한 소지품들을 맡기라고 한다. 헝겊으로 만든 덧신을 신고 강사 선생을 따라간다. 지하 몇 층쯤 되는지 잘 모르겠다. 출입문이 두 개씩 달린, 대리석으로 치장되어 칸칸이 막힌 방들이 대리석으로 치장된 긴긴 회랑을 따라 즐비하다. 칸칸이 막힌 방마다 진귀한 명품들이 가득가득하다.

각종 도자기 그림 글씨 들을 비롯해서 스탈린 마렌코프 정주영 등이 보낸 승용차들, 전자제품들이나 카메라들, 세계의 온갖 명사들과 남쪽의 역대 대통령들이나 장관들이나 경제인들이 보낸 각종 서화 금속공예 목공예품 등등이 방마다 빼곡빼곡하다. 김정일 기념관에 5만여 점, 김일성 기념관에 21만여 점이나 된다고 한다. 받기만 한 게 아니라 또 그렇게 주기도 했을 것이다. 전두환 전대통령이 챙겼던 기념품들은 곧 경매처분

된다는데, 왜 갑자기 그 경매처분이 생각나는지 모르겠다. 욕심나는 물건들이 너무 많아서 그 욕심조차 잃어버릴 지경이다.

그렇게 얼마를 돌아다녔는지, 걸으면서 졸면서 들으면서 일행을 따라다녔다. 두 시간도 넘게 걸린 것 같다. 버스에는 안내원 선생이 네 명이나 다섯 명쯤 동승하고 다녔는데 이 전람관 안에서는 그 안내 선생 숫자가 갑자기 배로 늘어난다. 여나문이나 되는 안내 선생들이 우리를 그물처럼 감고 다닌다. 낯선 안내원 선생들은 그 차림새가 얼핏 우리 일행 같다. 낯선 안내원 선생들은 두 명씩 붙어 다닌다. 투캅스들인가? 전람관 방들의 불빛이 좀 어둡다 싶은데 회랑의 불빛은 더 어둡다. 가끔 북쪽 참배객들이 우리팀과 회랑에서 섞이기도 하는데 그 때마다 안내원 선생의 목소리가 날카롭다. 동무 어느 단체 소속이야? 라고 반말로 묻는다. 엉겁결에 섞인 듯한 북쪽 참배객들이 움찔 놀라며 황급히 딴 데로 피한다.

안내원 선생이 갑자기 늘게 된 것은 이곳이 사람들 붐비는 곳이라서 우리를 철저히 보호하기 위해서일 것이라는 내 설명에 이병천 피디도 고개를 가만가만 끄덕인다. 그가 고개 끄덕이는 태도로 미루어보면 나도 참 아는 게 많은 것 같다.

언제부턴가 배가 고프다. 내 배 고프든 말든 국제친선전람관을 간신히 빠져나온 일행들은 또 그 근처에 있는 보현사로 간다. 보현사 전경이 그려진 커다란 그림 밑에서 그곳 강사 선생의 '위대한' 으로 열리는 강의가 또 시작된다.

중학교 때 우리 국사 선생님은 말씀 중에 '말하자면' 이라는 말을 자주 하셨다. 이 세상에서 '말하자면' 이라는 말을 가장 짧은 시간에 발음해버리는 분이다. 입술이 한 번 가볍게 열리는 듯하는 순간에 '말하자면' 을 쏟아버린다. 나를 포함해서 몇몇 아이들은 국사 시간만 되면 일삼아서 노트에 정자正字를 그어 '말하자면' 의 횟수를 기록한다. 한 시간에 백 번을 넘기는 일이 허다하다. 정자正字가 스무 개를 넘으면서부터 교실 안에는 긴장감이 감돈다. 정자正字 표시를 하지 않는 아이들도 대충 감은 잡고 있다. 누가 웃음을 못 참고 킥킥거리는 소리라도 낸다면, 그래서 한꺼번에 웃음보가 터져버리는 날에는 보나마나 단체기합을 받아야 한다.

수업 끝나고 선생님이 저만큼 사라진 뒤에 정자正字 표시를 서로 비교하면서 우리들의 웃음보가 터지곤 했었다. 공부도 못하는 것들이 숫자는 잘 센다고 서로 놀리기도 했다. 나는 전람관 안에 들어서면서부터 우리가 듣는 '위대한' 이라는 말의 숫자를 대충 헤아려 보았다. 100회를 넘기면서부터 나는 숫자 헤아리는 일에도, 혼자 피식거리는 일에도 스스로 지쳐버렸다. 함께 킥킥거릴 동지도 없이 숫자만 헤아리는 것은 얼마나 고독하고 절망적인 노릇인가. 내가 숫자 헤아리기를 포기해버린 뒤에도 '위대한' 은 여전히 내 귀에 못을 박았고 그 때마다 나는 절망적으로 고독했다.

보현사에서 내려오는 계곡과 계곡 사이 숲 그늘에 우리들의 점심이 준비되어 있다. 참으로 화려한 점심이다. 발을 좀 담가 보고 싶어도 발 담그기가 민망한, 이 세상에서 가장 깨끗해 보이는 맑은 물을 끼고 앉은 숲 그늘 속의 우리의 도시락은 어느 진수성찬보다 달았다. 안내원 선생 하나가 계곡 건너 숲 속으로 들어가서 반짝반짝 윤나는 똘밤과 잘 익은 파란 다래를 한 바가지 주워왔다. 내가 맡은 그 바가지는 금세 바닥이 난다. 사진 잘 못 찍는다고 날더러 머퉁이를 해쌓는 똘밤똘밤한 연출가 선생이 이번에는 그 똘밤도 다래 한 톨도 못 남겼다고 또 머퉁이를 할 것만 같다.

점심 후 잠깐 쉬는 시간이 주어졌다. 쉬는 시간이라는 게 우리 점심 먹은 자리를 안내원 선생들이 치우는 시간이다. 우리가 버스로 내려왔던 길로 체육복을 입은 중학생들이 걸어서 올라가다 말고 우리를 보고 손을 흔든다, 반가워요, 반갑습니다를 목청껏 외치는 양쪽의 목소리들이 계곡에 울린다. 몇 사람들이 카메라를 들고 그들에게 접근하더니 이내 손을 맞잡고 한 데 어울려 사진들을 찍는다. 그쪽 인솔교사도 환하게 웃으며 이쪽 학생들과 함께 사진도 찍고 손을 흔들고 한다. 점심 쓰레기를 치운 안내원 선생들이 다가와 어서 출발하자고 서두른다. 또 만나자고 통일하자고 서로 소리지르며 그들과 헤어졌다.

우리는 그렇게 묘향산을 내려왔다. 수많은 폭포로 유명한 묘향산, 곱기로 소문난 묘향산 단풍은 아직 철이 아니어서 못 본다 치고, 10층폭포도 3층폭포도 그 수 많은 폭포 중의 어느 하나도 못 보고 돌아서는 등 뒤가 자꾸만 허전하다. 천하 명산 이라는 묘향산을 누군가에게 몽땅 빼앗긴 것만 같다. '위대한' 을 곱씹던 목소리들이 귓속에 아직도 이명처럼 남는다.

나이는 정말 숫자에 불과한가?

　김일성 김정일 선물전람관을 돌아다니다 지쳐버린 나는 묘향산 다녀오는 차 안에서 식곤증에 시달리는 내 나이를 곰곰 생각해 본다. 나이는 숫자에 불과하다는 광고가 있어서 가끔 위로도 되긴 했지만 그건 참 광고에 불과했구나 하는 생각이 새삼스럽다. 나이든 대접을 받고 싶을 때, 나이는 숫자에 불과하다고 누군가가 우겨버리는 그 쓸쓸한 배반감보다, 그건 광고에 불과하다는 당연한 현실이 더 쓸쓸하다. 자꾸 졸음이 쏟아진다.

　들 건너 울창한 소나무 숲으로 에워싸인 낮은 구릉지대를 가르키며 이병천 연출가 선생이 저기쯤 아마 동명왕릉이 있지 않겠느냐고 묻는다. 동명왕릉을 가는지 어디를 가는지 우리의 일정에 나는 별 관심이 없다. 이쪽 사람들 높고 웅장한 걸 좋아 하는 거 같은데 동명왕릉이 저렇게 낮은 곳에 있겠느냐고 건

성으로 대답한다.

우리가 탄 차는 잠시 후 그 울창한 소나무 숲 쪽으로 빠지는 갈림길로 접어든다. 우리 연출가 선생은 정말 똘밤똘밤하다. 낮은 구릉지대의 그 울창한 소나무 숲 속에 아닌게아니라 웅장한 동명왕릉이 있다. 여러 대신들의 무덤도 그 뒤쪽에 듬성 듬성 자리잡고 있다. 온달과 평강공주의 묘도 있다.

온달묘 앞에 수줍어하는 기색을 살짝 감추는 그곳 강사 선생이 서 있고, 우리 일행들이 번갈아가며 그 옆에 다가가서 사진을 찍는다. 강사 선생의 하늘색 한복과 수줍은 표정이 곱다. 마지막 차례에 나도 그 옆에 다가가서 사진을 찍는다. 카메라 앞에서 모자를 고쳐 쓰는 내 팔짱을 끼면서 강사 선생이 묻는다. 교수 선생님, 날씨가 좀 쌀쌀하디요? 강사 선생하고 같이 있으니까 쌀쌀한지 더운지 전혀 감각이 없습니다. 강사 선생이 살짝 웃는다. 잇속도 참 곱다.

동명왕릉에서 그 아래 정릉사로 접어든다. 걷고 있는 동안 내내 강사 선생은 내 팔을 끼고 있다. 명함을 건넨다. 강사 선생은 내 명함을 읽고 고개를 두 번 가볍게 끄덕인다. 저희 아버지도 김일성대학에서 교수 사업을 하십네다. 어쩐지 저희 아버지만 같습네다. 내 딸은 결혼해서 아이가 둘입니다. 강사 선생은 스물여섯쯤 됐나요? 어쩌면 그렇게 정확하십네까.

강사 선생은 내 명함을 도로 나에게 건네려 한다. 남쪽에서는 인사할 때 서로 명함을 주고받고 합니다. 가지고 계시다가 혹시 남쪽에 오실 일 있으면 연락 주세요. 열렬히 도와드릴 게요. 아 기래요, 내래 몰라씨요. 강사 선생이 내 명함을 챙기고 북녘의 해가 또 기울고 있다. 버스가 떠난다. 또 만납시다. 통일합시다 차 밖에서 차 안에서 서로 손을 흔든다. 손 흔드는 강사 선생의 눈길이 글썽거린다. 아차, 이름을 안 물었구나, 버스가 떠난 한참 뒤에야 나도 눈물이 핑 돈다. 팔짱 끼었던 한쪽 팔이 내내 따뜻하다.

단고기집

개고기를 북에서는 언제부터 단고기라고 했는지 모르겠다. 개새끼, 개잡놈 등 '개'에게 얹혀진 어두운 어감들 때문에 단고기로 변했을 것이다. 남쪽에서도 개장국이라는 말을 지금은 거의 쓰지 않는다. 언제부턴가 그게 보신탕으로 바뀌었다. 그렇게 이름을 바꿔도 88올림픽 때, 서양사람들이 우리의 보신탕을 혐오식품으로 여긴다고 해서 보신탕집들이 한바탕 수난을 겪었다. 보신탕이라는 이름을 내걸지 못하게 하는 바람에 보탕, 영양탕, 사철탕 같은 이름들이 그때 생겼다. 어떤 집에서는 그 무렵 '보'짜와 '탕'짜 사이에 검정고무신 한 짝을 붙여놓기도 했었다.

남녘의 보신탕집들이 대개 시장 뒷골목이나 좀 후미진, 뭔가 주눅든 것 같은 곳에서 그 맛을 은밀히 자랑하고 있는 데 비해서 북의 단고기집은 평양 시내 중심가에 그것도 천여 명이 한꺼번에 들어앉음직한 대형 음식점으로 당당히 자리잡고 있다. 요리 내용도 사뭇 다르다. 남쪽의 보신탕이 탕 위주라면, 북의 단고기집은 소위 말하는 코스 요리다. 등뼈찜, 내장조림, 갈비찜, 뒷다리토막찜 등이 차례로 나오고 맨 마지막에 탕과 조밥이 나온다. 마지막에 나오는 묽은 탕에는 고기가 전혀 없고 닭국물 냄새가 살짝 난다.

내가 앉은 식탁에는 개고기를 처음 먹어본다는 이들이 세 명 섞여 있었는데 그들이 먹다 남긴 갈비찜과 뒷다리토막찜을 내가 다 걷어 먹었다. 개고기를 못 먹는 이들은 따로 식탁을 차려 한쪽에 자리잡고 있었는데 나는 단고기 맛에 반해서 그들이 뭘 먹는지에 대해서 전혀 관심 둘 틈이 없었다. 우리의 연출가 선생은 저 건너편 식탁에서 난생 처음 단고기를 먹어보았다는데, 이름처럼 정말로 달게 먹었다고 의기양양하다. 앞으로는 전주의 보신탕도 사양하지 않을 눈치다.

살이 디룩디룩 해서 껍질이 두꺼운 남쪽의 개고기에 비해서 평양의 개고기는 껍질이 아주 얇고 뼈들이 가늘다. 이게 무슨 개냐고 종업원 선생더러 물었더니 산개라고 한다. 산에서 키운 개라는 말인 것 같다. 산개가 어떻게 생겼는지 궁금하기 앞서, 이곳에 와서 사람 말을 그냥 믿어버리는 내 태도가 스스로 놀랍다. 남쪽에서 같으면 믿기 전에 별의별 의심을 다 해봤을 것이다.

사실 북에 와서 무척 부러운 것 중의 하나가 이런 신뢰감이다. 사람과 사람 사이에 형성되어 있는 이런 신뢰감은 곧바로 북의 상품으로 이어진다. 포장형태가 좀 조악하긴 해도 꿀이라고 써 있으면 그게 바로 진짜 꿀이라는 것을, 참깨기름이라고 써 있으면 그게 바로 진짜 참기름이라는 것을 이곳에서는 아무도 의심하지 않는 것 같다. 백년 묵은 묘향산 돌버섯이라고 적힌 허름한 종이쪽 밑에 쌓여 있는 비닐봉지 속 돌버섯의 나이를 의심한다면 이곳에서는 그야말로 사람 취급을 받기가 힘들 것만 같다. 통제사회에서 유지되고 있는 이런 신뢰와 그 순박함이 그저 부럽고 놀랍다.

교수 선생님, 우리 내일쯤 망명 선언을 할까요? 안내원 선생을 등 뒤에 두고 연출가 선생이 짐짓 이죽거린다. 내일 백두산이나 다녀와서 모레쯤 하는 게 어떨까? 맞장구를 치다가, 바짝 긴장된 표정의 순박한 안내원 선생에게 좀 미안하다는 생각이 든다. 연출가 선생님, 그런 생각 마시라요, 그카면 양쪽 임원 선생들이 얼마나 힘들가씨요, 안내원 선생의 목소리가 간절하고 진지하다. 그가 진지할수록 나는 더 미안하다. 걱정 마세요, 농담입니다. 농담이라도 그런 말씀은 좀 마시라요. 간 떨어질 뻔했습네다. 더 이죽거리고 싶어하는 우리의 연출가 선생이 나는 밉다. 경애하는 장군님이 즐기신다는 금강산 한 개비를 권한다. 안내원 선생, 걱정 마시고 담배나 한 대 피우시

지요.

식사를 먼저 마친 후, 그 앞 길가에 잠깐 나갔다. 아홉시가 다 된 시각. 이미 다 알고 있는 것처럼, 90년대 중반 이후 북은 에너지와 전기가 부족하다. 그래서, 밤거리가 어둡다. 눈앞에 보이는 가로등 중에 두 개만이 켜져 있다. 그래도 아파트에는 창마다 불이 켜져 있으니 그나마 다행이다. 우리 중 몇 사람이 이 길을 걸어 귀가하던 사람들과의 대화 시도가 있었다. 밤에…… 느닷없이 처음 보는 사람이 갑자기 "반갑습니다. 남에서 왔습니다."라고 얘기했으니 우리가 남쪽에서 (소위 말하는)무장 공비를 만난 것만큼이나 놀랐을 것이다. 대부분이 깜짝 놀라 눈이 동그랗게 돼서 허겁지겁 발길을 서둘렀다.

백두산 눈보라야 이야기하라

입 밖에 꺼내면 큰일 날 말을 농담처럼 주고받는 남쪽사람들을 우리의 순박한 안내원 선생이 경망하게 여겼을지 부러워했을지 알 길은 없다. 우리가 누리는 그런 정도의 여유를 연출가 선생과 나는 은근히 과시하고 싶었는지, 소설을 쓰기 위해서 북녘의 어느 소도시에 최소한 일 년 만이라도 살고 싶다는 연출가 선생의 평소 희망사항이 자꾸 이렇게 망명 얘기를 꺼내게 하는지, 그것 또한 별로 알고 싶지도 않다. 사실은 입 밖에 꺼내도 될 말들을 마치 큰일 날 말들처럼 냉동보관한 채 우리는 그 냉동상태를 서로 예의로 여기고 있다. 그들도 익히 알고 있을 남녘의 온갖 야만을, 우리가 익히 알고 있는 북녘의 온갖 야만을 우리는 서로 꽁꽁 냉동시킨 채, 속 보이는 허세에 이처럼 익숙하다.

백두산에는 산이 없다는 정상록 선생(우리 조에 소속된 전대협회원)의 말마따나 백두산 가는 길에는 산이 보이지 않았다. 해발 1300미터의 삼지연 공항에서부터 비좁고 울퉁불퉁한 길로 가도가도 노랗게 물든 낙엽송 숲, 가도가도 허옇게 시든 풀밭, 그리고 또 가도가도 희뿌연 돌가루와 자갈밭과 바위들이 질펀하게 깔린 길을 차례로 거쳐서 우리를 태운 소형 버스들은 거의 세 시간 만에 정상 근처에 와서 우리를 내려 놓는다. 저 아래로 시퍼런 천지가 보인다.

우리가 올랐던 백두산 정상 근처 그늘진 곳에는 희끗희끗 녹다 만 눈들이 남아 있다. 백두산의 화창한 가을, 구름도 별로 없었다. 삼대적선을 해야 보인다는 백두산 천지가 한 눈에 들어온다. 이렇게 쉽게 열어 보이다니, 백두산이 우리에게 너무 헤픈가. 삼대적선은커녕 당대 적선도 못한 나 같은 사람들은 앞으로 삼대적선을 꼭 해야 가까스로 이 빚 갚을 수 있을까. 시간이 좀 있었더라면 저 아래 천지에 내려가서 그곳 산천어탕을 드실 텐데 그렇게 안 돼서 섭섭하다는 안내원 선생의 말을 비껴들으며 저 아래 천지를 굽어본다. 산천어탕도 좋겠지만 하늘이 통째로 담긴 저곳에 사람 손길이 영 닿지 않았으면 정말 좋겠다.

　김일성대학 본부 건물이 21층, 영남대학교 본부 건물은 22층, 내가 다니고 있는 우석대학교 본부 건물은 23층이다. 사람들은 김일성대학의 21층이 근거가 되어 영남대나 우석대의 본부 건물이 그렇게 한 층씩 높아졌다고들 말한다. 영남대의 경우는 잘 모르지만 우리 우석대학 23층은 내 알기로는 그게 사실이다. 우석대 설립자이자 초대 이사장이었던 고 서정상 박사는 키가 남달리 작은 분이다. 그 키 컴플랙스 때문에 본부 건물이 저렇게 높아졌다고 우스개 삼아 우석대 본부건물의 23층을 화제삼는 이도 더러 있다. 삼지연 삼림지대에 우뚝 서 있는 김일성 주석 동상, 개선문, 삼대헌장탑, 주체사상탑, 단군릉 등등 우리가 북에서 본 크고 높고 웅장한 구조물들을 안내원 선생이나 그곳 강사선생들은 그 높이며 폭이며 동원된 인력이며 사용된 구리나 돌의 무게가 몇 톤인가 하는 점들을 달달달 외우고 있다. 그들이 달달달달 외우고 있는 그 크고 높고 웅장한 구조물들이 혹시라도 무슨 열등 컴플랙스 때문이 아니었으면 좋겠다. 그래봤자 난쟁이 키 재기 아니겠는가.
　백두산의 높이가 남쪽의 기록은 2744미터, 북쪽의 기록은 2750미터라고 한다. 그게 좀 더 높으면 어떻고 좀 낮으면 어떤가. 어차피 우리의 제일 높은 산, 우리들의 모든 허세와 컴플랙스와 모든 야만을 발 아래 두고 백두산은 그야말로 민족의 영산답게 천지에 고스란히 하늘을 담고 묵직하게 듬직하게 한반도의 이마로 신비하게 자리잡고 있다. 이제 곧 백두고원, 그 숲과 풀밭과 허연 돌무더기들 위에, 반도의 모든 고통, 모든 허세와 컴플랙스와 온갖 야만을 덮으며 눈보라가 하얗게 두텁게 쌓이리라.

간밤에 안 마시고 구경만 했던 평양 소주를 한 병만 가져올걸 그랬다. 술도 안 마신 가슴이, 술이라도 마셔야 가라앉을 것만 같은 가슴이 자꾸 두근거린다. 백두산 눈보라야 이야기하라, 만주벌 눈보라도 밀림의 긴긴 밤도 이야기할 테면 하라. 산등치에 커다랗게 제 이름짜나 새겨 넣는 허세 따위 말고, 대북송금특검 같은 꼼수나 이라크 파병 같은 식민외교 말고, 천지의 밑바닥까지 담긴 우리의 비원을 맘 놓고 맘 놓고 휘날리며 이야기하라.

멀고도 먼 나라

고려항공을 타고 평양서 삼지연 간이공항까지 갔던 일, 삼지연에서 백두산 정상까지 버스를 갈아타고 덜크덩거리며 오르던 일, 백두산 정상 근처의 바위에 커다랗게 새겨진 이름을 보면서 별의별 생각들을 곱씹던 일, 내려오면서 압록강 상류

쯤으로 여겨지는 시린 계곡물에 손을 씻은 일, 김일성대학에서 벼르고 벼르던 도서관에도 못 가보고, 마지막으로 기대했던 그곳 문학부 교수와의 면담도 뜻을 못 이루고, 그래서 끝끝내 조운 시인에 관한 어떤 자료도 구할 수 없던 일, 유람선을 타고 대동강 위에 떠 있던 일, 옥류관에서 냉면을 두 그릇씩 먹던 일, 남북 청년학생 만남의 자리에서 학생들과 섞이어 통일춤을 추던 일, 호텔에 갇히어 호텔 로비에서 밤마다 술만 퍼마시던 일, 우리의 전대협동우회 회원 정상록 선생이 일일이 사진으로 남겨 놓은 그 모든 잊을 수 없는 일들은 언제 또 글 쓸 일이 있겠지만 설혹 글 안 쓰더라도, 사진에 안 남더라도 사실 모두 잊어도 좋은 일이다.

사진으로 남길 수 없는, 그러나 정작 잊을 수 없는 것은 안타까움이었다. 우리의 '이동식 가두리'가 4박 5일 내내 끈질기게 나를 안타깝게 했고, 함께 통일춤을 추었던 여학생(김책사범대학 3학년 학생, 이름은 모름)의 눈물범벅으로 흔들어대던 손길, 우리가 탄 버스가 움직이기 시작하자 서 있던 줄 앞으로 튀어나오며 더 다급하게 흔들던 그 손길도 두고두고 안타깝다. 잠깐 만났다가 기약 없이 헤어지는 남북의 이산가족들 생각이 났다. 그 여학생이 마치 내 딸 같았다. 우리 시대의 야만을 인정하면서 반갑습니다 손을 흔들고 또 만납시다 손을 흔들던, 북녘에서 만났던 수많은 사람들의 손길이 한꺼번에 모두 안타까웠다.

50분밖에 안 걸리지만 그곳이 다시 만나기 어려운 먼 곳임을 확인하는 눈물, 우리의 야만에 대한 체념과 분노로 범벅진 눈물, 슬프기도 하고 무언가 억울하게 여기는 것 같기도 했던, 그 눈물로 범벅진 얼굴이 자꾸 안타까웠다. 다음 행선지를 찾아가는 버스 안에서 나는 자꾸만 눈물을 닦았다. 순박하고 정직한 사람들, 가난할지라도 민족적 정통성을 끝끝내 지키려는 당당한 사람들, 그런 사람들과 함께 일 년 아니라 단 며칠만이라도 허심탄회하게 지내보고 싶다. '지상의 도처에서 미제국주의를 몰아내자'는 붉은 구호가 또 차창을 스치고 지나간다.

'80년대 초, 성남에 있던 새마을운동 교육원에서 나는 보름 동안 새마을교육을 받은 일이 있다. 전경환인가 하는 사람이 그곳 왕초 노릇을 하던 때다. 여러 사람의 새마을 성공사례 발표를 듣던 중에 지금도 기억에 새로운 사람 하나, 십 년 동안 다섯 마을씩이나 가난한 마을을 부자 마을로 만들어 놓은 게 그 사람 업적인데, 그 사람의 힘없이 내뱉던 마지막 말이 인상 깊었다. 자기가 만든 부자마을에 가보면 그 마을 사람들이 가난했던 시절보다도 훨씬 더 불행해져 있다고, 치료하기 어려운 부끄러운 질병이나 극악한 패륜이나 사기사건 같은 악질적인 걱정에 시달리는 사람들이 많아졌다고, 어느 마을에서 자기를 또 와달라고 하는데 가야 될지 말아야 될지 고민 중이라던 그 마지막 말이 북에 잠깐 다녀오는 길에 불현듯이 생각

난다. 천양희 시인이 쓴 시에 보면 (제목이 뭐더라?) 세계에서 제일 가난한 방글라데시라는 나라가 국민들의 행복지수 또한 세계 1위라고 한다. 서울시 주부들의 44.6%가 우울증 환자라던 며칠 전 KBS 뉴스가 새삼스럽다.

미국의 경제적 군사적 봉쇄정책과 우상화로 오랜 세월 시달리고 있는 북녘 사람들이 우리는 안타깝다. 유로나 달러를 흔전만전 뿌리는 듯한 우리의 쓰임새를 흘깃흘깃 못 본 척 부러워하면서도 오랜 세월 미국의 정치적 군사적 경제적 문화적 식민지로 살아가는 남녘 사람들을 북녘 사람들은 또 불쌍하고 안타깝게 여기고 있는 것 같다. 인천으로 돌아오는 대한항공에 서로 안타깝게 여기는 서해의 짧은 가을 해가 기운다. 잘 가시라 다시 만나자고, 잘 있으라 다시 만나자고, 다시 만나기 힘든 멀고도 먼 나라 사람들이 어두워지는 하늘 아래 서로 안타깝게 손을 흔들고 있다.

여기가 삼팔선쯤 되나 휴전선쯤 되나. 해방도 되기 전에 서둘러 삼팔선부터 그어놓았던 그 밤에 그 나물인 멀고도 먼 남북의 하늘이 함께 저물고 있다. 구호와 초상화와 동상과 통제의 나라에서 간판과 부패와 패륜과 거짓과 가짜가 맘놓고 득실거리는 나라로 온다. 잠시 진짜가 되었다가 다시 가짜로 되돌아오는 길인지 잠시 가짜 같은 허세를 부리다가 현실로 돌아오는 길인지 빙글빙글 롤러에 실려 나오는 내 여행가방이 낯설다.

산동통신

일기초

2004년 2월 21일 토요일 비

간밤에 내리던 비는 자욱한 이슬비로 남아 있다. 산보삼아 산동사범대학 쪽으로 가 본다. 거리마다 골목마다 아침부터 사람들이 넘친다. 우산을 쓴 사람도 어쩌다 보인다. 내 숙소에서 3,4 분 걸어나오면 큰길이 있고 그 큰길 건너 길가에 학교 정문이 있다. 정문에 들어서면 곧바로 모택동 동상이 우뚝 서서 오른손을 반쯤 치켜들고 오가는 이들을 반기는데, 나 말고는 누구도 그 동상을 쳐다보는 사람이 없는 것 같다.

모택동 동상이 서 있는 오른쪽 길에 노란 꽃들이 줄줄이 피어 있다. 얼핏 개나리쯤으로 보이는데 다가가서 보니 개나리와는 또 다르다. 줄기줄기 늘어진 것이며 꽃 모양새 색깔은 비슷하지만 꽃잎들이 개나리보다 좀 짧고 줄기도 개나리가 갈색이었던 것 같은데 이건 아주 반들반들 윤이 나는 진한 녹색이다. 지나가는 이들에게 저 꽃 이름이 뭐냐고 물으려다가 그만둔다. 내 말을 알아듣는 이도 없을 것이고 알아듣고 대답한들 나 또한 그 말을 알아듣지 못할 것이다.

  제 때에 핀 꽃인지 아니면 시도 때도 모르고 간덩이가 부어서 겁도 없이 핀 꽃인지 알 수 없는 일이다. 초여름에 피는 코스모스나 가을에 피는 철쭉을 가끔 본 나로서는 일단 그렇게 의심은 해보는 것이지만, 아무래도 그런 겁 없는 꽃은 아닌 것만 같다. 중국 와서 내가 처음 본 꽃, 이슬비에 젖어 있는 꽃 색깔이 너무 곱다.

2월 22일 일요. 바람

  나보다 6개월 전에 이곳 산동사범대학 한국어교육과에 와 있다는 성균관대학 김경수 교수가 내 숙소로 찾아왔다. 40대 후반쯤 되어 보인다. 키며 생김새며 우리 김영춘 시인을 아주 많이 닮았다. 전공이 동양철학이라는데 이곳에서 무슨 과목을 맡고 있는지는 물어보지 않았다. 수인사 끝에 날더러 내일부터 학생들 작문과목을 좀 맡아달라고 한다. 무엇에 매이지 않고 좀 자유롭게 지내고 싶다는, 정규교과과정보다는 기회 있을 때 특강이나 한 번씩 하고 싶다는 내 말들을 완곡하게 접으면서 끈질기게 맡아달라고만 한다. 이곳 한국어교육과 교수들 중에는 한국어나 한국문학을 전공한 사람이 하나도 없어서 어려움이 많다고, 이곳 학생들과 접촉할 기회를 갖는 것이 이곳 생활에 여러 모로 도움이 될 거라고도 한다. 내가 옛날에 고등학교 문법 선생을 10여 년 했다는 얘기를 듣고 더 바짝 나를 조른다. 마침내 내가 졌다.

어제밤 우석대 학생들과 저녁을 먹었던 무궁화식당에 다시 찾아가 김교수와 함께 점심으로 국수를 먹었다. 이집 주인은 광주가 고향이라는데, 말이 통하는 이 집에 다시 오긴 했지만 과장된 친절로 화통한 성격을 자꾸 과시하려드는 주인의 태도가 꽤나 부담스럽다. 의형제라도 맺어두자는 둥 하면서 깡패 티를 좀 내볼까 하다가 얼른 참았다.

길거리에 서서, 혹은 이름도 없는 음식점 앞 빈 공간의 낮은 의자에 걸터앉아서 음식을 먹는 사람들이 많다. 뭘 우적우적 먹으면서 걷는 이들도 자주 눈에 띈다. 뭘 저렇게들 먹어대는지 잘 모르겠지만 나도 머잖아 저렇게 바글거리는 사람들 틈에 섞여 길가에 쭈그리고 앉아서 뭔가를 우적우적 먹어보고 싶다.

2월 23일 월요. 바람

첫 강의를 했다. 이십여 명쯤 되는 한국어교육과 3학년 학생들이다. 치열한 경쟁을 거친 산동의 수재들이라고 한다. 입은 옷들이 허름하고 얼굴색들이 햇빛에 많이 그을려 있지만 눈빛들이 인상적으로 반짝거린다. 걱정했던 것보다는 한국말을 대충은 알아듣는 것 같다. 한국의 중국어과 대학생들이 중국어 강의를 이처럼 소화할 수 있을지 모르겠다. 학생들과 말을 주고받을수록 그들의 순결성이 자꾸 마음에 와 닿는다. 한국 학생들이 무참하게 잃어버리고 있는 그 순결성이 너무 부럽다. 강의 맡기를 정말 잘했다는 생각이 든다. 다음 시간 과제를 주고 강의실을 나서면서부터 다음 주 이 시간이 기다려진다. 한국인들 성질이 좀 급하다는데 나도 갈 데 없는 한국인인가 보다.

2월 24일 화요. 바람

이곳은 전화, 특히 국제전화 걸기가 매우 까다롭다. 몇 십 개의 낯선 숫자를 누르면서 사이사이에 징검다리처럼 못 알아듣는 안내말을 듣고, 그러다 보면 그 숫자 중 잘못 누른 숫자가 생겨서 처음부터 다시 시작해야 하는 그런 시행착오를 여러 차례 겪었다. 지긋지긋하다. 전화 걸 일이 제발 좀 없었으면 좋겠다. 가까스로 전화걸기를 익히고, 이 사람 저 사람에게 여러 차례 연락하고 부탁한 끝에 가까스로 노트북에 인터넷을 연결해서 이 노트북으로는 처음으로 오늘 오후 해 지는 집(내 홈피 이름)을 열어보았다. 그런데, 해 지는 집에 올라온 글을 다 읽어보기도 전에 서둘러 인터넷 연결선을 뽑았다. 숙소를 옮겨야 했기 때문이다. 나흘 동안 살던 집을 옮기는데 그 동안 이삿짐이 많이 불었다.

결혼 이후 나는 이사를 자주 한 편이다. 스물 네 번째다. 전북대 상대에 다니는 내 묵은 친구 박승기 교수도 나처럼 이사복이 많은데, 몇 년 전 술자리에서 서로 이사한 횟수를 따져 본 일이 있어서 나는 지금도 그 수를 기억하고 있다. 서로 자기가 이사를 더 많이 했노라고 우기다가 마침내 그 수를 하나씩 비교하면서 헤아리기 시작했는데, 박승기 교수는 악착같이 기억을 되살려 나보다 한 차례 더 이사한 걸 기어이 밝혀내고 술김에 기고만장했었다. 우리 할아버지는 이빨도 넣었다 뺐다 한다고 한 아이가 자랑삼으면, 우리 삼춘은 팔뚝도 넣었다 뺐다 한다고 목소리를 높여 상대방 야코를 죽이려 드는 아이들처럼 우리는 그 때 그 술자리에서 어떻게든 그 이사한 횟수를 늘리려 했다. 그런 식으로 치자면 오늘 이 이사도 분명 이사 축에 든다. 그 뒤로 내가 이사를 한 번 더 했기 때문에 오늘 이사까지 합치면 내 이사 경력이 이제는 박승기 교수보다 한 차례가 더 많다.

이사할 때마다 버리는 것이 꼭 생긴다. 어제 샀던 니글니글 맛없던 중국라면 4개를 냉장고 안에 그냥 남겨두었다. 우리가 한 세상 끌어 안고 사는 것들 중에는 버려야 할 것들이 너무 많다. 사실 끝끝내 버리지 않을 것들이 이 세상에 무엇이 있으랴.

새로 옮긴 숙소는 대학 구내에 있는 호텔이다. 별 세 개 급이라고 한다. 우아하고 넓은 침실과 그 곁에 잘 갖춰진 더 넓은 응접실이 딸려 있다. 벽에는 예쁜 액자들도 걸려 있다. 분에 넘친다 싶지만 당연한 것처럼 받아들이기로 했다. 한 방에 8명씩 4층 침대를 쓴다는 중국 학생들 기숙사가 건너다보이는 것이 너무 민망하고, 북향인 것이 흠이다. 학교 전경과 그 건너 아득한 시가지까지 거의 다 보인다.

새로 지은 이 호텔의 전화시설이 앞서 있던 숙소와는 또 다르다. 이 전화로는 당분간 국제전화가 안 된다고, 받을 수만 있다고 한다. 가까스로 전화 거는 방법을 익혔는데, 그리고 가까스로 해 지는 집 문을 열어보았는데 다시 닫힌 것이 못내 아쉽다. 이 방 전화번호는 6185629, 이 방 호수 629가 노태우처럼 달라붙어 있는 게 약간 재수없다.

2월 25일. 바람

무슨 공사 때문에 오늘부터 이틀간 이 지역에 물 공급이 안 된다고 한다. 아침에 일어나자마자 학교 앞 슈퍼에 가서 콜라 두 병과 식수 세 병을 사왔는데 커다란 식수통과 식수통 밑에 받치는 냉온수 분리대가 뒤늦게 왔다. 식수통 물값은 6원, 냉온수 분리대는 100원, 저쪽 숙소에서는 방 열쇠와 식수통 보증금을 50원씩 냈다가 나올 때 돌려받았는데, 냉온수 분리대값 100원은 나중에 다시 돌려받는 건지 아주 내가 산 건지 잘 모르겠다. 하여튼 보내준 것만 해도 무지 고맙다. 김경수 교수가 챙겨 준 것 같다.

김 교수 인터넷도 아직 연결이 안 되어 있다고, 오후에 강의 끝나고 같이 연결하자고 했는데, 저녁 먹고 8시가 지나도록 아무런 연락이 없다. 김 교수 방에 전화했더니, 아 참, 그거 내일 연결하자고 싱겁게 말한다. 어딜 다녀왔나 보다. 좀 원망스럽지만 별 수 없는 노릇이다. 하긴 해 지는 집 말고는 한국의 소식들이 별로 궁금하지 않다. 한국 소식들, 그 절망을 확인하는 것이 급할 리 없다.

허름한 옷으로 아무 데나 주저앉아서 아무것이나 우적우적 먹어대는 당당한 중국인들 속에서 대한민국 백성인 것이 질기게 부끄럽다.

나는 정말 바보인가

지난 겨울 전주 홍도 주막집, 몇몇이서 막걸리를 마시다가 옛날 신흥고등학교 제자였던 김상배라는 사내를 만난 일이 있다. 옛날에 내가 주례를 했던 녀석, 고등학교 다니는 두 아들의 아버지, 지금 남원의 어느 학교 윤리선생이다. 녀석은 자꾸 내 코 앞에 제 얼굴을 바짝 들이밀면서 날더러 많이 변하셨다고 감탄 섞어 되풀이되풀이했다. '너도 나이 먹어 봐라, 이 자식아. 안 변하나.' 나는 내심 못마땅해서 투덜거리듯 대꾸하고는 눈을 내리깔고 말았는데, 이 녀석 한다는 소리가 그게 아니고 내 얼굴이 옛날보다 몰라보게 깨끗해졌다고 또 감탄을 보탠다.

거기까지는 그런대로 좋았다. 깨끗해졌다는 말에 못마땅했던 속이 금방 좀 풀리는가 싶었는데 그 다음에 이어지는 녀석의 말에 나는 기가 막혔다. 옛날에는 내가 세수를 자주 안 했기 때문에 얼굴 주름살마다 때가 끼어 있었는데, 지금은 그 때가 안 보인다는 것이다. 내 얼굴을 더 짯짯이 훑어보면서 요새는 세수를 자주 하느냐고 묻기까지 한다. 이 녀석이 날 망신시키려고 작심이라도 했나? 나는 옆 자리에서 우리를 흘끔거리는 사람들한테, 그리고 함께 술자리를 하고 있는 친구들에게 민망해서 맛있게 먹은 홍어회 맛이 얼굴로 확확 달아올랐다. 그만 마시고 어서 나가라고 나는 밀어내듯 녀석을 내몰았다.

70년대 무렵, 술이 덜 깬 아침, 아닌 게 아니라 세수할 시간이 없어서 그냥 출근했던 적이 나에게는 가끔 있었다. 아무리 그렇더라도 설마 학교 선생 얼굴에 주름살마다 때가 끼어 있지는 않았을 것이다. 녀석들이 내가 세수하지 않은 채 출근한다는 정보를 알고는 즈그들끼리 나를 우스개 삼느라고 키득거리던 짓이었을 것이다. 녀석들 하고는 참……

날마다 바람만 사납게 부는 이곳 날씨 탓인지 기분 나쁘게 미끈거리는 물 탓인지 몇 날이고 며칠이고 가라앉을 줄 모르는 황사 탓인지 요즘 내 얼굴의 주름살마다 그 때가 낀 것처럼 보인다. 정말 때인가 싶어 짯짯이 살펴보면 분명 때는 아닌 것 같은데, 얼핏얼핏 꼭 때가 끼어 있는 듯이 보여서 그 때마다 번번이 상배 녀석 생각이 나곤 한다.

이라크 파병이 취소되려는지 결리던 옆구리도 풀렸고 부었던 잇몸도 가라앉았다. 날마다 거칠게 부는 바람과 황사 속에서 희한하게도 꽃들이 다투어 피고 있다. 일찌감치 먼저 피어 있던 영춘화(개나리 비슷한 꽃)를 앞세워 매화꽃 살구꽃 복사꽃, 아아 그리고 목련꽃 또 목련꽃…… 전주보다 한 달쯤은 빠르지 싶다. 사진들만 부랴부랴 찍어놓고 이 디카를 어떻게 컴퓨터로 홈피로 옮기는지 아직도 나는 모르고 있다. 이곳에서는 왜 이렇게 꽃 피는 게 빠른지, 이 찬바람 속 모래먼지 속에 어떻게 저렇게 고운 꽃이 피는지, 어떻게 사는 게 잘 사는 건지 사람을 어떻게 사랑하는 건지 모르겠다. 나는 정말로 바보인

가. 바보가 자기더러 바보인 것 같다고 하는 건 더 바보스런 짓
인가.

제남濟南 풍경

— 신희교 선생께

이곳 제남시는 시 주변에 나즈막한 산(해발 290미터)이 하
나 있고 그리고 건축물들이 없다면 끝도 안 보일 허허벌판입
니다. 배산이라는 작은 산 하나 끼고 있는 익산시와 조건이 비
슷하죠. 물론 산도 배산보다 등치가 훨씬 크고 허허벌판은 비
교가 안 되게 가물거립니다.

희한하게도 이 도시는 '물의 도시'로 알려져 있습니다. 시
중심가에 뽀톨치엔(杓突泉, 앞 글짜가 나무목변이 아니고 발족변
인데 컴퓨터에 해당 한자가 없어서 기워 넣었음)이라는 잘 꾸며진
공원이 하나 있는데 그게 '용솟음치는 샘물'이라는 뜻이랍니
다. 공원 안에는 그 용솟음치는 샘물 말고도 수많은 샘물들이
있고 건축물들과 숲을 감돌며 요리조리 어디론가 그 맑은 물
들이 흘러가고 있습니다. 송나라 때 살았다는 이청조라는 여
류시인의 문학관도 그 사이에 규모를 갖추어 정리되어 있습니
다. 건물과 숲과 봄꽃들과 맑은 물과 기기묘묘한 바위들이 참
잘 어울려 있는 공원입니다. 애당초 이 샘물들 곁에 사람들이

모여들면서 이 도시가 형성되었다고 합니다.

대명호라는 호수공원도 있는데 클 대짜만 붙어 있을 뿐 실제로는 그리 크지 않은 아름다운 호수입니다. 전주의 덕진호수보다 대여섯 배쯤은 넓어 보입니다. 내가 그곳에 갔을 때는 마침 공원 안의 목련꽃들이 시들고 있었는데, 지금쯤, 아니, 이달 말쯤이나 피게 될 삼례의 목련꽃들이 무척 보고 싶었습니다.

제남시 남쪽에 자리잡고 있는 천불산千佛山은 산 중턱에 옛날 건축물들이 삥 둘러 있는데 모두 독립된 제각들입니다. 제각들 안에는 불상 비슷한 것들이 눈을 부릅뜨거나 지그시 감고 있습니다. 어떤 데는 그림만 모시기도 했습니다. 산 이름으로 보면 그게 다 부처님들 같은데 막상 가서 보면 그게 아닙니다. 옥황상제도 있고 순임금도 있고 무슨무슨 부처님도 있고 또 돈을 벌게 해준다는 재물신도 있습니다. 유불선 기타 등등이 사이좋게 섞여 있습니다. 그 수효가 산 이름처럼 천 개인가는 확인해보지 않았습니다. 그럴 리는 없겠지요. 내 숙소(한림주점翰林酒店: 이곳에서는 호텔을 주점이라고 함)에서 십여 분 걸어가면 있는 산이어서 가끔 바람 쏘이러 이 산에 다닐 것 같습니다

사람들은 그 곳에서 하나에 일 원씩 하는 빨간 띠를 사서 그 근처의 나무에 묶습니다. 그게 소원을 비는 일이랍니다. 산 입구에서부터 나무들 줄기에 온통 그 빨간 띠가 감겨 있는데, 모

든 나무에 감겨 있는 게 아니고 상수리 나무 비슷한 특정한 나무에만 그걸 감는 것 같습니다. 돈 벌게 해준다는 재물신 근처의 나무들 가지가 제일로 빨갛습니다. 나도 빨간 띠 하나를 사서 주머니에 챙겼습니다. 소원이 있기는 있지만 그렇게 함부로 걸고 싶지는 않았습니다. 소원이라는 건 사람을 한참 불행하게 하는 게 아닐까요?

다음 주에는 두만강 근처가 고향이라는 조선족 처녀의 안내를 받아 북경쪽으로 가보려고 합니다. 나들이 뒤에 또 소식 전할게요.

근시적 넌센스
— 다시 신희교 선생께

남도에 산수유가 피기 시작했다면서요? 여기는 봄꽃들이 거의 시들고 있습니다. 그렇게 어렵게 핀 꽃들이 이렇게 쉽게 시드는 건 참 슬픈 일이군요. 오늘은 지난번 내가 썼던 글 중에 몇 가지 잘못이 있어서 바로잡으려고 합니다.

먼저 꽃에 관한 건데, 이곳에 벚꽃이 피기 시작했다는 지난번 했던 말은 사실과 너무 다릅니다. 내가 벚꽃으로 오해했던 그 꽃은 외관상 그 나무줄기며 꽃 모양새가 얼핏 벚꽃과 비슷하긴 해도 사실은 한참 다른 꽃이었습니다. 심한 바람 속에서도 꽃잎이 끝까지 매달려 있는 점, 그리고 그 향기가 숨이 막히도록 짙다는 점이 특히 벚꽃과는 다릅니다. 그리고 자세히 보면 그 꽃잎도 한국의 벚꽃에 비하여 약간 짧은 편입니다. 그런데 그게 무슨 꽃이냐고 내가 아는 사람들에게 몇 차례 물었는데, 한국말이 간신히 통하는 이곳 학생이든 선생이든 그 꽃나무 이름을 아는 이가 없었습니다. 이곳 시가지 곳곳에 가로수로 혹은 정원수로 피어 있는 벚꽃 닮은 그 꽃 이름을 아는 이가 이처럼 드문 걸 보면 이곳 사람들은 꽃 이름에 대해서 별 신경을 쓰지 않는 건 아닐까 하는 생각을 지울 수 없습니다. 그들은 아마도, 이곳에서 아주 흔한 봄꽃 중의 하나일 뿐인데 그런 걸 구태여 궁금하게 여기는 나를 약간 이상한 사람쯤으로 여기는 것 같았습니다. 실제로 이곳에서 나는 아직 벚꽃을 보지 못했습니다.

또 한 가지 바로잡을 점은 이곳 제남시가 마치 배산 하나 끼고 있는 익산시처럼, 천불산이라는 산 하나 끼고 허허벌판 속에 있다는 표현입니다. 이곳의 내 행동반경이 좁기도 했고, 또 황사가 노상 짙게 깔려 있기 때문에 내 시야가 그렇게 한정되었던 것 같습니다. 코끼리 다리만 만져보고 코끼리를 파악하는 식의 근시적 넌센스지요. 허허벌판 속에 있는 도시라는 말은 물론 맞지만 이곳 제남시에는 천불산 말고도 그와 비슷한 규모의 산이 서너 개쯤 더 있다는 걸 오늘에야 알았습니다.

며칠 동안 갈비뼈 바로 아래쪽이 바늘로 찌르듯 꼭꼭꼭 쑤

서서 꼼짝 못하고 지내다가 오늘은 학교 안에 있는 병원에 다녀와서 몸이 약간 풀렸습니다. 외과의, 내과의들이 번갈아 내 몸 여기저기를 꾹꾹꾹 찔러보곤 했습니다. 심각한 병은 아니라고, 감기 뒤끝에 어쩌다 올 수 있는 체내 염증 때문이라고, 한 일주일 더 지나면 거뜬해질 거라고 합니다.

북경에 가기로 했던 약속을 며칠 미루고 갈비뼈보다 맘이 좀 가벼워져서 오늘 오후에는 택시로 이곳 문화시장이라는 데를 가 보았습니다. 서울 인사동쯤 되겠거니 여겼는데, 막상 가서 보니까 그 규모나 내용이 정말 어마어마합니다. 욕심나는 온갖 골동품, 온갖 출토품, 기기묘묘한 수석들, 서화작품들, 문방구를 비롯한 각종 생활용품들이 여기저기 길가에도 집안에도 산처럼 쌓여 있습니다. 여기저기서 그 값만 물어보다가 한나절이 다 갔습니다. 값도 천차만별입니다. 그 값을 팍팍 깎아야 할 물건들과 조금씩만 깎아야 할 물건들을 내 나름으로 대충 짐작만 해두었습니다. 그곳에 자주 가게 될 것 같습니다.

밤에는 여기 학생들 다섯이 내 문병을 다녀갔습니다. 걔네들 통해서 이제서야 내 방에 국제전화선을 연결할 수 있었습니다. 거기서나 여기서나 나는 참 바보처럼 사는군요.

가슴속 타다 만 숯덩이들
— 내 홈피에 들러 졸시拙詩 「참숯」에 관하여 묻는 어느 한국 학생에게

숯의 쓰임이 다양해져서 요즘에는 웬만한 대형마켓에만 가도 얼마든지 숯을 살 수 있지만, 이 시를 쓸 무렵(1990년대 중반)만 해도 재래시장의 구석진 곳에서나 숯을 살 수 있었습니다. 숯이 있다고 하더라도 참숯 아닌 경우가 많았습니다. 당시 시골(전북 완주군 비봉면 수선리)에 살던 나는 그 숯을 사기 위하여 주변의 고산읍, 봉동읍, 삼례읍 등의 시장통을 헤매다가 익산시의 동이리역 근처에 있는 남부시장에 가서야 가까스로 그걸 살 수 있었습니다. 휘발유 값이 숯 값보다 훨씬 많이 든 셈이죠, 물론 그게 참숯인지 아닌지를 구분할 수는 없었습니다. 태워봐야 아는 일이니까요. 파는 사람이 참숯이라고 하니까 그냥 그런 줄 알고 사게 된 거죠.

간장독에 띄울 숯을 사러 나선다
나무 타다 만 게 숯인데
나무토막 태워서 쓰자고 해도
아내는 참숯만 써야 한단다

읍내 장터를 다 뒤져도 숯이 없다
가슴 속 한세상 더글거리는

타다 만 숯덩이들은 쓸모가 없겠지
육십릿길 더 달려간 시장통에서
가까스로 숯을 만난다
휘발유 값이 몇 배는 더 들겠다

불길이 한참 이그거릴 때
바람구멍을 꽉 막아야 참숯이 된다고
참숯은 냄새도 연기도 없다고
숯가게 할아버지 설명이 길다
참숯은 냄새까지 연기까지
감쪽같이 태우나보다

이글거리기도 전에 숨통이 막힌
내 청춘은 그나마 참숯이 되어 있는지
언제쯤 냄새도 연기도 없이 이글거릴지 어쩔지

간장독에 둥둥 떠서 한평생
이글거리지도 못할
까만 비닐봉지 속 숯토막들이
못 견디게 서걱거린다

— 졸시拙詩 「참숯」

이 시에 쓰인 그대로 참숯은 불길이 한참 이글거릴 때 순간적으로 바람구멍을 꽉 막아서 불길을 갑자기 질식시켜야 만들어지는 숯이랍니다. 그렇게 만든 숯이라야 불을 붙일 때 고약한 냄새와 연기가 나지 않는답니다. 음식점 같은 데서 숯불구이 요리를 시키면 고약하고 거북한 냄새나 연기가 날 때가 더러 있잖아요? 그런 건 가짜 숯이죠. 예로부터 숯은 요리할 때, 약 달일 때 등등 불을 붙일 때뿐만 아니라 간장을 담글 때나 물을 걸러먹거나 할 때도 쓰였습니다. 우물을 팔 때도 우물 밑바닥에 그 숯을 넣는 일이 많았습니다. 악취제거, 살균, 부패방지 등, 숯은 그런 정화작용까지 했던 것 같습니다. 간장을 담글 때도 그 참숯을 넣어야 간장 맛이 살아나는 건 당연한 일이죠.

잔소리가 많았죠? 그쯤 해두고 시에 관한 얘기를 좀 해볼까요? 웬만큼 나이 든 사람들 가슴 속에는 그렇게 타다 만 숯덩이들이 서걱거리게 마련입니다. 개인적인 것이든 사회적인 것이든 타다 만 사랑, 이루지 못한 열정, 무참히 꺾인 꿈과 욕망 같은 것들, 그 꿈과 욕망들이 탈 만큼 타서 흔적도 없는 재가 되었다면 얼마나 좋겠어요? 그렇지 못하더라도 냄새도 연기도 안 나는 참숯이라도 되어 있다면 그나마 얼마나 다행이겠어요? 그러나 세상일들이 어디 그렇게 숯장사 맘대로 되는 겁니까? 이 세상에는 가짜 숯들이 당연히 많죠.

가짜 숯들, 냄새나 연기를 피워대는 그 타다 만 컴플렉스는 주변 사람들을 난처하게 할 뿐만 아니라 대부분의 경우 자기

자신을 망치게 하는 일이 많습니다. 그것들은 사람을 포악하게도 잔인하게도 황폐하게도 만들고 무력하게도 하고 알콜중독자도 만들고 성격파탄으로도 몰고 심하게는 사람을 영 미치게도 만듭니다. 어설프게 타다 만 가짜 숯, 그거 참 고약한 겁니다.

비록 타다 말기는 했지만, 그래서 하마터면 사람을 영 미치게 만들 뻔도 했지만 그 고약한 컴플렉스들이 가까스로 삭아서, 다시 태우더라도 냄새도 연기도 안 나는 한恨으로 남아 있는 것이 바로 참숯일 겁니다. 그게 어디 쉬운 일인가요? 내 가슴 속에서 지금도 시도때도 없이 서걱거리는, 그 이글거리다가 고약한 숯덩이들을 냄새도 연기도 없이 감쪽같이 다시 태우고 싶다면 그건 내 지나친 욕심일까요? 다음 구절에 관심을 집중시키는 것이 이 시의 이해에 보다 도움이 될 겁니다.

> "이글거리기도 전에 숨통이 막힌
> 내 청춘은 그나마 참숯이 되어 있는지
> 언제쯤 냄새도 연기도 없이 이글거릴지 어쩔지
>
> 간장독에 둥둥 떠서 한평생
> 이글거리지도 못할
> 까만 비닐봉지 속 숯토막들이
> 못 견디게 서걱거린다."

도움이 좀 됐나요? 우리들의 콤플렉스와 한恨과의 관계를 더 얘기하고 싶지만 이쯤 해둡니다. 시의 해설은 대개 사족입니다. 좋은 시인들은 이런 뱀발을 꺼립니다. 뱀발이 필요 없는 시, 그게 바로 좋은 시겠죠.

나이타에 관하여
― 김영춘 시인께

지난 2월, 익산 동이리 근처의 어느 예식장 앞에서 나와 함께 피우던 담배 맛 기억 나세요? 그게 에쎄였던가 리치였던가는 잘 모르지만 하여튼 우리가 그 예식장 입구에서 담배를 맛있게 피우고 헤어진 건 기억하시죠? 그 때 우리가 담뱃불을 붙이던 파란 나이타는 아마 기억 못하실 겁니다 오늘은 그 나이타 얘길 좀 해보죠. 라이터가 표준말인가본데 내 표준어는 나이탑니다. 그게 원래 내 꺼였는지 김 선생 걸 내가 집어넣고 온건지는 며느리도 모릅니다.

하여튼 그 파란 불티나 나이타는 끈질기게 나를 따라다니다가 이곳 산동에 와서야 그 일생을 마쳤습니다. 얼마나 끈질기던지 몸 안에 기름이 다 바닥난 뒤에도 무려 나흘 동안 제 구실을 하더라구요. 버리기가 차마 아까워서 책상머리에 두고 가끔 한 번씩 빈 손질을 해보곤 했습니다. 그 때마다 파란 나이타는 불은 안 켜지고 허벌나게 불티만 남겼습니다.

생각해보면 40여 년 담배를 피우는 동안 나는 돈 주고 나이타를 사본 일이 거의 없었던 것 같습니다. 서랍 속에 있는 나이타를 깜박 잊고 연구실에서 다른 사람 나이타를 빌리는 일이 어쩌다 있었고, 그리고 술 취하여 집에 왔을 때 나이타가 없어서 주방에 있는 가스레인지에 담뱃불을 붙인 일도 없는 바는 아니지만, 하지만 그런 건 극히 드문 일입니다. 밖에 나가서 사람들 만나고 오는 날이면 나도 모르게 나이타가 서너 개씩 주머니에 들어 있는 게 예사였고, 담배를 한 보루씩 살 때 끼워주는 나이타도 많았고, 가끔 누가 선물로 주는 나이타도 한 몫씩 거들고 했기 때문에 담배 떨어질 때는 가끔 있어도 나이타 떨어진 일은 거의 없었습니다.

나이타 선물을 많이 받았지만 선물로 받은 나이타 치고 잃어버리지 않은 건 이제껏 하나도 없습니다. 심지어 죽은 배엽이가 연전에 주었던 끈 달린 지포 나이타도 한 달도 못 가서 그 끈까지 잃어버렸습니다. 그러면서도 내 방에, 화장실에, 응접실에, 차 안에, 연구실에 나이타는 항상 지천으로 굴러다녔습니다. 그리고 나이타들은 대개 그 생명이 다하기 전에 내 손에 들어올 때와 비슷한 경로를 거쳐 누군가의 손으로 옮아가는 끊임없는 회전을 되풀이하는 것 같았습니다.

하여튼 그 파란 나이타처럼 목숨이 다하도록 끝까지 나를 따라온 나이타는 이제껏 없었습니다. 내가 그 나이타를 특별히 잘 챙겨서라기보다는 이곳에서의 내 생활이 그렇게 단조롭기 때문이기도 할 것입니다. 김 선생이 우렁이라면 이곳에서의 나는 정말 왕우렁이입니다. 나는 그 불티만 나는 나이타를 보면서 우리 김 선생뿐만 아니라 여기까지 나를 따라온 여러 가지 생각들을 가끔씩 불티처럼 혹은 곰곰 생각해보곤 했습니다. 그런데 이게 웬 일입니까?

오늘, 아니 어제 낮잠을 자고 일어났는데 그 파란 나이타가 안 보이는 겁니다. 일주일에 한 번씩 이 방 청소하는 직원들이 다녀가는데 어제 토요일이 그 청소하는 날이었고 아무래도 그 청소 담당 직원들이 그 나이타를 쓰레기로 처리한 것 같습니다. 좀 깊은 곳, 은밀한 곳에 챙기지 못한 게 후회되긴 하지만, 잃어버리고 사는 게 어디 한두 가지나 싶어서 별스런 충격은 안 먹기로 했습니다. 비록 나이타는 잃어버렸어도 사실 나는 우리 김 선생을 늘 은밀히 챙기고 있습니다. 그건 모르시죠?

황하黃河

― 이병천선생께

쓸쓸한 실소

날씨가 좀 좋아서 어쩌다 흰 구름이 보일 때도 여간해서 푸른 하늘은 보이지 않습니다. 밤하늘의 별도 물론 안 보입니다. 직접 눈에 보이지만 않을 뿐, 그 푸른 하늘이나 별들이 내 머리 위에 틀림없이 있는 것처럼, 보이지는 않지만 늘 뿌연 황사가 끼어 있는 이곳 제남 땅은 천지사방이 다 지평선이라고 합니다. 이곳 제남에 와서 나는 아직 한 번도 지평선을 본 일이 없습니다. 북경은 잘 다녀가셨겠지요?

해마다 지평선 축제가 열리는 전라도 김제의 만경평야는 나라 안에서 유일하게 지평선이 보이는 곳이죠. 사는 일이 답답할 때마다 나는 가끔 그 지평선이 보이는 들판길로 드라이브를 다니곤 했는데, 아득해 보이는 그 지평선들은 사실 완벽한 지평선은 아니었습니다. 저게 바로 지평선이겠거니 하고 마지못해 가물가물하게 여겨줄 만한 그런 지평선들이죠. 마지못해 여겨주던 만경벌판의 그 지평선은 그러나 얼마나 그리운 지평선인가요.

오늘은 한국어과 3학년 학생들 17명과 함께 그 지평선을 가린 황사 속으로 중국인들의 모천母川이라는 황하를 찾아 나섰습니다. 학교 앞에서 제남시 중심가를 거쳐 한 시간 반쯤 지난 뒤에야 우리를 태운 버스는 황하 근처에 닿았습니다. 길고 높다랗게 쌓인 둑에 가려 아직 황하는 보이지 않는데, 우리 일행이 걸어가는 둑 아랫길로 사람들을 헤집고 빵빵거리며 차들이 지나다닙니다.

아시다시피 중국의 차들은 유난히 빵빵거리기를 좋아합니

다. 차도 사람도 교통질서 같은 걸 가리지 않고 서로 간신히들 비켜 다니는 일이 많기 때문에 빵빵거리는 게 일상화되어 있는 것 같습니다. 어느새 그 소리에 길들여졌는지 나도 이제는 그 빵빵거리는 소리에 놀라지 않습니다. 그 차들 속에 가끔 택시도 보입니다. 택시를 타면 이 길을 굳이 걷지 않아도 되겠구나 싶어서 택시비를 물어보았습니다. 택시로는 50원쯤(한국 돈 7500원) 나오고 한 시간도 안 걸린다고 하는데 1원만 내도 되는 버스를 두고 굳이 택시비를 묻는 나에게 왜 택시를 타려고 하시느냐고 학생들이 좀 의아하게 여기며 묻습니다. 그냥 한번 물어본 거라고 열없게 얼버무렸습니다.

겹겹이 돌로 쌓아 올린 거대한 둑 위에 올라서서 황하의 물줄기를 멀리 바라보았습니다. 풀 한 포기 없는 강변의 색깔과 물줄기의 색깔이 언뜻 구분이 안 될 정도로 비슷합니다. 지평선이 보이지 않는 아득한 황사 속에서 흘러나와 황사로 다져진 대지를 핥으면서 더 아득한 황사 속으로 사라지는 물길, 황사가 굼실굼실 흘러가는 듯한 물길, 그 물길을 가로질러 놓여 있는 다리를 건넜습니다.

차들이 지나갈 때마다 차 소리와 철판 소리 속으로 다리 아래 거칠게 흘러가는 물 소리가 잦아드는 다리, 사차선 도로만큼 넓은 철제다리, 강물이 불어나면 언제든지 물에 잠길 준비가 되어 있는 듯한, 허리를 조금만 구부려도 강물이 손에 닿는 낮은 다리, 찻길 양쪽으로 사람 다니는 길도 쇠막대로 구분을 해놓았습니다. 다리 중간 중간에 경고 표지들이 귀찮게 매달려 있고, 그중 어떤 것은 '보지차거保持車距'라고 적힌 것도 있어서 혼자 실소를 하다가 퍼뜩 이 선생 생각이 났습니다. 동조할 사람도 없이 혼자 실소하는 건 누구를 그리워하는 일만큼이나 쓸쓸하군요.

아까운 5원

다리를 건넌 차들은 어딘지 모를 곳으로 뚫려 있는 넓은 길을 따라 황사 속으로 사라지고 우리 일행은 그 길 옆에 있는 삼림공원 매표소 앞에 모였습니다. 아니, 모인 게 아니라 내가 맨 마지막으로 온 것입니다. 다리를 건너오면서 너무 두리번거린 탓일 겁니다. 학생들 입장권을 내가 끊어주고 싶었는데 기회를 놓치고 말았습니다. 학생들은 아까부터 나에게 돈 쓸 기회를 전혀 주지 않습니다. 마실 것, 간식거리, 버스비 등등 내가 다급하게 지갑을 꺼낼 때마다 나보다 한두 발 앞서서 그것들을 처리하곤 합니다.

이 학교 학생들은 거의 다 산둥성의 가난한 수재들입니다. 학생들은 모두 학교 안의 기숙사에서 삽니다. 며칠 전에 발 맛사지 업소에서 이곳 의대 3학년 학생의 맛사지를 받은 일이 있는데, (그 학생은 한사코 팁을 받지 않았습니다. 50원(한국돈 7500원) 내고 한 시간 반 동안 발 맛사지 받기가 너무 미안해서 다시는 안 가고 싶긴 한데, 다음에 혹시 누구와 어울려 가게 된다면 우리 똘밤똘밤한 피디님의 솜씨를 구사해서 나도 한사코 팁을 좀 줄 생각입니다.) 그들은 대부분 여러 가지 아르바이트를 해서 연간 7만 원쯤(한국돈) 된다는 기숙사비를 보탭니다. 중국에는 전력이 모자라서 산동성의 농촌들은 밤 열시가 지나면 전기가 나가고, 전기 나간 뒤에 잠을 아껴서 등잔불 켜고 공부한 소수의 학생들만 도시로 나갈 수 있다고 합니다. 공부 잘하는 것 말고는 농촌을 벗어나기가 아주 어렵답니다. 학생들이 쓴 글들을 보면(내 담당과목이 '작문' 임) 순박하기가 마치 초등학교 학생들 같은데, 시골에서 고생하는 가족들의 얘기가 아주 많습니다.

삼림공원 입장료는 1인당 5원, 우리 학생들에게는 너무 비싸다 싶어서 그걸 내가 못 낸 게 자꾸만 아쉬운데, 뚝길을 따라 공원 안으로 들어갈수록 그 돈이 더 아깝습니다. 공원 안을 아무리 둘러보아도 도대체 돈 내면서까지 들어올 곳이 못됩니다. 사막화 방지용으로 심어놓은 듯한 아카시아나 백양나무들이 아무렇게나 자라고 있는 삼림지대, 용변하기가 너무 거시기한 공중변소, 삐걱거리는 낡은 탁구대와 더 낡은 당구대 몇 개, 간이음식점 몇 채, 비좁은 롤러스케이트장 안에는 귀에 익은 음악 속으로 사람들이 미끄러지고 넘어지고 끌어안고 부딪히곤 합니다. 귀에 익은 그 노래는 듣다보니 '바꿔 바꿔 모두 다 다 바꿔'를 중국말로 부르는 것이더군요.

발걸음마다 푹석거리는 먼지, 사람들은 그 속에서 무슨 고기들을 구워 먹기도 하고 빈 공터의 먼지 속에서 농구나 배구를 하기도 합니다. 어린이 놀이터는 따로 울타리를 해 놓고 입장료 2 원을 또 받습니다. 그 안에는 어린이는 거의 없고 짝을 지은 약간 부티나는 남녀들이 많습니다. 그들 남녀들은 대부분 어린이용 그물 그네를 함께 타고 누가 보거나 말거나 서로 껴안은 채 언제까지나 흔들거리며 누워만 있습니다. 조랑말 예닐곱 마리가 서성거리고 있는 승마장 한 쪽에는 말똥이 두엄처럼 쌓여 있고, 그 조랑말 타고 공원을 한 바퀴 도는 데 10원, 황사먼지를 일으키며 그 조랑말 타는 사람을 부러운 눈길로 바라보는 이들도 많습니다. 모처럼 새로 갈아입고 나선 내 바지는 그냥 이곳저곳 기웃거리며 걷기만 했을 뿐인데도 금방 황사투성이가 되었습니다.

왜 이런 데로 사람들이 놀러 오느냐는 내 조심스런 물음에 곁에 있던 여학생이 아무렇지도 않게 대답합니다. 딱히 갈 만한 데가 없고 그리고 여기가 돈이 적게 들기 때문이랍니다. 내가 며칠 전에 갔던 제남 시내의 비좁지만 그러나 깨끗했던 공원들은 입장료가 15원씩이었던 것, 그리고 외지 관광객들로 보이는 사람들이 대부분이었던 것들이 얼핏 생각났습니다. 우리 학생들이 자꾸만 짠하게 여겨져서 나는 반쯤 입을 벌린 채 오래오래 시멘트 의자에 앉아 있었습니다. 아무리 오래 앉아 있어도 먼지도 잊어버리고 입을 벌린 채 아무리 생각해도 이곳 입장료 5원이 너무 아깝습니다.

저 사람 혹시 또라이 아냐?

이곳 한국학과 교수들은 모두 이 학교 출신들인데, 이곳에 와서 내가 벚나무로 오해했던 나무, 줄기나 꽃잎이나 꽃 피는 시기가 벚나무와 비슷한, 그러나 어지러울 정도로 꽃냄새가 짙은 나무, 이 학교 안에 있는 길 양쪽에 지천으로 자라는 그 나무 이름을 아는 사람이 아무도 없습니다. 무슨 나무냐고 며칠을 두고 꼬장꼬장 묻는 나를 오히려 이상하게 여기는 것 같았습니다. 그냥 봄에 꽃 피는 나무 정도로 알고들 지냅니다. 내가 처음 보는 꽃들이 더러 있어서 저게 무슨 꽃이냐고 불어보아도 역시 마찬가집니다. 그거 그냥 봄에 피는 꽃이라고만 대답합니다.

흙빛과 물빛과 하늘빛과 지평선이 따로 구분되지 않는 황하, 황하에 와서야 나는 그들이 꽃이나 나무 이름을 구태여 알고 싶어 하지 않는 이유를 어렴풋이 깨닫습니다. 보나마나 지천으로 있는 것들, 아나마나 지천으로 있는 것들을 시망스럽게 따지려 드는 것이 아닌게아니라 그들에게는 당연히 이상하게 여겨질 것 같았습니다. 지평선에 대해서도 내가 만일 그들에게 묻는다면 지평선에 대한 나의 관심 또한 그들은 이상하게 여길 게 틀림없습니다.

반쯤 입을 벌린 채 물빛과 흙빛과 지평선과 하늘빛을 구별하느라 하염없어하는 나를 보고 '저 사람 혹시 또라이 아니냐' 고 시덥잖게 흘깃거리며 황하는 나보다 더 하염없이 흘러갑니다. 축구나 바둑 같은 것을 누가 이기든, 선거를 누가 이기든 지든 그런 것들 일일이 마음 쓰고 사는 것도 시망스러운 노릇이라고, 푸른 하늘도 별빛도 자나깨나 보고 싶은 사람도 그리움도 일일이 따지지 않아도 다 그냥 제자리에 있는 거라고, 입장료 5원 같은 거나 아까워하면서 그냥저냥 한세상 살아가라고 황하는 그렇게 아득하게 흘러갑니다.

황하라는 제목으로 써 본 연작시를 덧붙입니다.

황하黃河

1. 야경野經

황사로 가려진 지평선에서
가물가물 흘러나와 다시 황사 속으로
아득하게 사라지는 물길
흐르다 밀리다 가라앉은 황사들이
들판처럼 누워서 몸을 말리고
누런 들판 가로질러 젖은 황사들 하염없이
더 누렇게 밀려가는 물길
명산 명수도 싸움터도
여기서는 그런 것들 궁금하게 여기지 말라고

산경山經 수경水經 해경海經이 수수만년 부서져
황사로 떠돌다가
이렇게 물길에 젖어서나 흐른다고
아무 데로나 흘러도 그게 다 지평선 아니냐고
한눈팔며 야경野經을 읊듯
강 건너 이름 모를 새 한 마리
어쩌다 한 번씩 젖은 황사를 찍어먹는다

2. 뒤돌아 볼 테면 보라고

어디가 앞인지 뒨지 따로 가늠하지 말라
광야의 앞뒤쯤 물길을 보면 안다
강물이란 본래 뒤돌아보는 법이 없지만
뒤돌아볼 테면 보라고
맘 놓고 뒤돌아보라고
뒤돌아보지 말라고 구태여
뒤돌아보지 말라고
앞만 보아도 뿌옇게
두고 온 얼굴들이 다 보인다

3. 한 모금만 마셔도

이 세상의 무슨 꿈과 슬픔을
분노와 원한과 절망과 뉘우침을
어떻게 모두 한 데 섞어
수수만년 싯누렇게 우려냈는가
아무리 보아도 황하는 그 농축액이다
한 모금만 마셔도 평생
갈증을 잊을 듯한,

4. 하늘빛 짙푸를수록

애당초 이 강물에는
하늘빛이 담기질 않는다
하늘빛 짙푸를수록
강물은 더 누렇다
하늘은 하늘이고
강물은 강물일 뿐
어느 지평선으로도
하늘을 옮기는 법이 없다
하늘빛 짙푸를수록

하늘은 더 야속하다는 걸
태초부터 이 강물은 뼈저리게 알았나보다

5. 둠벙

누런 물길을 누구도
집안으로는 논밭으로는
끌어들이지 않는다
외면하며 내쫓으며
손발 적시기조차 꺼린다
천형天刑으로 내쫓긴 지어미처럼
하늘 아래 정처없는 물길은
피붙이들이 그래도 그리운가
넘실거리며 머뭇거리며
구석구석 패인 둠벙을 자꾸 기웃거린다

6. 더 낮은 곳으로

어찌 보면 물길이 하늘로 치솟는 것 같은
흘러간 물길이 되돌아올 것도 같은 광야에

흘러야 할 높낮이가 있다는 게 믿어지지 않는다
이 세상에는 흘러가야 할 낮은 데가 끝끝내 있다고
하늘도 구름도 다 등지고
낮은 곳으로 더 낮은 곳으로
누런 손자락으로 세상을 더듬고 있다

7. 흔적조차 없어질

흐르는 게 물인지 황산지
황사라곤 하지만 그게
모랜지 먼진지도 모르겠다
삭고 삭아서 흔적조차 없어질 그리움들이
맨발의 발자국마다
발가락마다 간지럽다

8. 먼지의 꿈

바위가 모래 되는 거
모래가 먼지 되는 거
먼지가 흙이 되는 거

먼지가 숲이 되는 거
황하에 와 보면 그런 게 얼핏 보인다
부서져 구천을 떠돌다가
먼지처럼 삭아서 비로소
우거지는 꿈

9. 숨죽일수록 강물은

이 세상에 없는 듯이 사는 게
젤로 잘 사는 거라고 한다
말로는 누군들 무슨 경인들 못 읊으랴
없는 듯이 사는 게 어디 쉬운 일이냐
아니 온 듯 다녀가려고 아무리 숨을 죽여도
숨죽일수록 강물은 더 깊은 제 살을 깎느니
장마비만 천둥소리만 탓하지 말라
숨죽여 제 살 깎던 숨길만으로도
숨죽이다 숨죽이다 마침내 넘쳐버리는
넘쳐서 아무나 마구 덮쳐버리는 숨길
넘치면 새 물길이 열리는가
무너지면 새 세상 열리는가
누가 이 막된 숨길 좀 눌러다오

흙으로든 모래로든 먼지로든
이 막된 숨길 좀 더 거칠게 짓이겨다오

10. 잉어 한 마리

뚝 너머 간이음식점 앞마당에는
둘레가 한 아름도 넘는
적갈색 프라스틱 물통이 비좁아서
허리가 활처럼 휜 잉어 한 마리
가쁜 숨을 몰아쉰다
황하의 싯누런 물빛 누렇다 못해
온몸에 저렇게 붉은 빛이 고였는가
말이 안 통하는 음식점 주인에게
이렇게 큰 걸 어떻게 잡았냐고
물어보려다가 그만두었다
물길을 거스르다 잡히는지
휩쓸리다 잡히는지도 묻고 싶었지만
말하기가 더 어려워 그만두었다
천산天山이든 티벳 고원이든
어디선가 반드시 흘러올
맑은 물을 찾아가는 길이었을까

눈 녹은 그 차고 맑은 물에서 정처없이
탁류로 휩쓸리다 잡힌 것일까
뭘 물으려다 물으려다 그만두는 날더러
너는 지금 거슬러가는 중이냐 휩쓸리는 중이냐
주인은 나를 빤히 쳐다보면서
꼭 되묻고 싶은 눈치다

고당현高唐縣의 산수화 한 점
— 김병용 선생께

오동나무꽃도 다 시들고 요새는 아카시아꽃들이 지고 있습
니다. 봄앓이가 좀 심했던 것 같습니다. 봄날 다 지나고 신록이
짙어지면서 다행히 몸이 좀 풀렸습니다. 뭐니뭐니해도 시간이
약이더군요. 잃어버린 봄날들이 무척 아쉽습니다.

몸 핑계로 그 동안 미루던 북경행은 영 미루고 말았습니다.
너댓 차례나 약속을 어기다 보니 다시 날 잡아보자고 연락할
염치도 없고 딱히 그 곳에 가야 할 일이 있는 것도 아니고, 그
리고 또 소문난 명승지들은 한국에서도 얼마든지 다닐 기회가
있겠다 싶어서 그리고 또 계획대로 다닌다면 돈이 너무 많이
들 것 같아서 이곳에 있는 동안 중국의 명승지들을 대충 다녀
보겠다던 종전의 계획을 바꾸기로 했습니다. 이곳에 머무는

동안이 아니라면 가보기 어려운 곳들, 중국의 평범한 시골길들이 명승지들보다 더 가봐야 할 곳 아니겠나 싶었습니다. 지난 가을 평양에 갔을 때 못했던 일을 여기서라도 한 번 시도해보려고 맘먹은 겁니다.

이곳에서 나하고 특별히 가깝게 지내는 학생이 하나 있습니다. 한국어과 3학년 남학생인데, 일 주일에 세 번 나에게 중국어를 가르치고 있습니다. 나는 중국어를 배우는 일보다 그 학생의 서툰 한국말을 바로잡는 데 더 비중을 두고 있습니다. 실제로 나는 중국어를 거의 배우지 않습니다. 이곳에 있는 동안 좀 답답하고 말지 이 나이에 그거 쪼께 배워서 뭐하겠습니까?

부예서(나에게 중국어를 가르치러 다니는 학생)는 진지하고 순박해서 나에게 어떻게든 중국어를 가르치려 하고 나는 어떻게든 뺑돌거려서 그의 진지한 계획들을 번번이 무너뜨리곤 합니다. 아시고 계실지 모르겠지만 뺑돌거리는 건 내 어려서부터의 장끼입니다. 나는 부예서의 진지한 계획을 마침내 무너뜨리고 그 대신 일 주일에 한 번씩 함께 여행을 다니기로 합의를 보았습니다.

고당현 외곽의 농촌에서 태어난 부예서는 23살이 되도록 산이라는 걸 한 번도 본 일이 없답니다. 태어난 이후 끝도 안 보이는 들판 속에서만 자랐고 이곳 제남시 역시 들판 속에 자리잡고 있기 때문입니다. 아직 한 번도 바다 구경을 해본 일도 없고, 기차를 타본 일도 없다고 합니다. 졸업 후 한국계 회사에

취직해서 융자받은 등록금 갚고, 빚에 허덕이는 부모님을 돕고, 그리고 애인과 함께 도시생활을 하는 것이 부예서와 이곳 한국학과 학생들 대부분의 거의 공통된 꿈입니다. 부예서는 초등학교 학생들 영어를 가르치면서 생활비를 충당하고 지냅니다.

우리는 먼저 부예서의 고향인 고당현에 갔습니다. 장도長途 버스(시외버스)로 한 시간 반쯤 걸립니다. 한사코 동쪽으로만 흘러가는 황하를 끼고 그 둑길을 거슬러가던 버스는 황하를 따돌리고 마침내 밀밭이 끝없이 넘실거리는 들판으로 접어듭니다. 좌석이 좀 비좁고 딱딱한 버스, 그러나 사람들 눈치 안 보고도 차 안에서 담배를 피울 수 있어서 다행인 완행버스는 끝이 안 보이는 밀밭과 마을과 밀밭 사이에서 자라는 백양나무 묘목들 속으로 쉬엄쉬엄 달립니다. 잊어버릴 만하면 멈춰서 승객을 태우기도 하고 주유소에 들러 기름을 채우기도 합니다.

들판 사이사이에는 잘 정비된 수로들을 통해서 비교적 맑은 물, 틀림없이 붕어나 메기 같은 낯익은 물고들이 살고 있을 것만 같은, 수로의 밑바닥이 다 들여다보이지는 않지만 그 밑바닥이 어느 정도 짐작은 되는 맑은 물들이 물고기들 대신 넉넉하게 흘러다닙니다. 멀리 혹은 가까이 길에서 보이는 시골집들은 그 모양새가 한결같습니다. 적벽돌 벽에 그 비슷한 색깔의 시멘트 기와를 얹은 그 시골집들은 규격화된 점에서 언뜻 북한의 시골집들과 꽤나 닮아 있습니다. 북의 농촌에서 흔히 보이던 구호들 대신 상업적 광고 간판들이 길가에 서 있는 시골집 벽에 가끔씩 보입니다. 술 광고, 약 광고, 그리고 주방용품 광고와 농업용 기계 광고들이 많습니다.

버스에서 내려 어디를 가고 싶냐고 부예서가 묻습니다. 아무데나 가자고, 우선 좀 걸어보자고 나는 버스 정류장 주변의 간판들을 하나씩 읽으면서 아주 천천히 걸었습니다. 무슨 조사라도 나온 사람처럼 수시로 발걸음을 멈춰가면서 간판이나 가게 안을 일일이 기웃거렸지만 사실은 눈에 들어오는 게 없었습니다. 아무 데나 가도 된다는 널널함 때문에 마음이 들떠 있었던 겁니다.

좀 야하다 싶은 여자 그림이 그려진 간판 앞에서 내가 한참이나 발길을 멈추고 있었더니 부예서는 얼굴이 붉어지면서 그만 가자고, 그런 데는 나쁜 데라고 내 팔을 당깁니다. 나그네의 휴식을 위하여 전신 맛사지를 해주는 곳 같았습니다. 왜 나쁜 데냐고, 아주 좋은 데 같다면서 내가 자꾸 뒤돌아보니까 야릇하게 웃는 부예서의 얼굴이 더 붉어집니다. 그런 비슷한 간판들을 몇 개 더 아쉽게 지나쳤습니다. 우리 김병용 선생하고라면 몰라도 사제간에 함께 갈 만한 곳은 아닌 듯싶었습니다.

우선 고당현의 대표적인 시장에 가보자고 했더니 부예서는 나를 그 근처의 대형 마켓으로 안내합니다. 이런 시장 말고 재래시장으로 가보자고 발길을 돌렸습니다. 다리 아프실 테니까 택시를 타고 가자는 부예서더러 나는 볼 게 많다고, 그냥 이대로 천천히 걷자면서 주변을 두리번거렸습니다. 그러나 야한 그림의 간판은 더 이상 눈에 띄지 않았습니다.

고당현은 차도 사람도 별로 많지 않고 하늘이 제법 파랗고 공기도 맑습니다. 밤에는 아주 많은 별들이 반짝인다고 합니다. 택시를 타려는 눈치만 보이면 언제든지 달려오겠다는 듯이 택시나 삼륜차들이 주변에 빌빌거립니다. 제남에서는 볼 수 없었던 삼륜차들이 이곳에는 택시보다 많습니다. 옛날 인력거를 연상하게 하는 삼륜차는 택시보다 값이 쌉니다. 택시는 6원, 삼륜차는 3원.

우리 주변을 빌빌거리는 택시나 삼륜차를 외면하면서 우리는 고당현 중심가로 들어섰습니다. 대형 호텔이 두 개 보였고 '시풍時風'이라는 대형공장이 중심가에 넓게 자리잡고 있습니다. 대 소형 화물자동차나 트렉터나 기타 농기계들을 만드는 공장이라는데 고당현 젊은이들 대부분이 이 공장에서 일하고 있답니다. 마침 점심 무렵이어서 거리에는 파란색 유니폼을 입은 공장 직원들이 눈에 띄게 많습니다. 부예서의 동생도 고등학교를 마치고 이 공장에서 일하고 있다고 합니다.

점심은 당나귀 고기를 먹었습니다. 이곳 사람들이 제일 즐기는 음식이랍니다. 미역인지 다시마인지 하여튼 그 비슷한 게 몇 가닥 섞인 국물 한 그릇, 구운 고추 한 접시, 그리고 당나귀고기를 다져서 속에 넣은 커다란 호빵들이 식탁에 오릅니다. 호빵 한 입에 구운 고추 한 조각 씹고 국물 몇 수저 떠먹고······ 두어 번 하다가 나는 마침내 그만두고 말았습니다. 고기도 국물도 구운 고추도 도저히 더 참을 수가 없었습니다. 그 중 나은 게 구운 고춘데, 그것도 매운 맛만 거칠게 입안에 바삭거립니다.

이곳 사람들이 제일 즐기는 음식을 먹어보자고 제안했던 나로서는 누구를 원망할 수도 없습니다. 미안하게 여기는 부예서에게 오히려 내가 더 미안할 뿐. 개고기 파는 데는 없냐고 물었더니 산동사람들은 개고기를 먹지 않는다고 합니다. 개고기의 맛을 싫어해서라기보다는 먹으면 재수가 없다는 미신 때문이라고 합니다. 재수 없더라도 먹어 볼 수 없냐니까 그런 음식점이 아예 없다고 합니다.

부예서네 집은 여기서 15키로쯤 밖에 있는 시골이라고 합니다. 여기 온 김에 집에도 좀 다녀오라고, 그 동안 전신 맛사지나 받겠다는 내 제안을 부예서는 농담으로만 여깁니다. 날더러 유머가 참 많으시다면서 이번에는 낯도 안 붉히고 활짝 웃습니다. 자기도 유머를 좀 하겠다고, 절대로 선생님을 이곳에 혼자 두지 않겠다면서 부예서는 전혀 집에 가볼 생각을 하지 않습니다. 참 절망적인 유멉니다.

이곳 재래시장은 넓고 길고 한산한 편입니다. 각종 농산물과 옷가지들, 그리고 농기구 상회가 특히 많습니다. 전주의 재래시장 같은 오밀조밀한 맛이 없습니다. 별로구나 별로구나 속으로만 뇌면서 끝까지 돌았습니다. 튀밥 튀는 소리가 들리고 옥수수냄새가 잃어버린 밥맛을 돋구다 말았습니다. 기름집에서 참기름(여기서는 향유香油라고 합니다)이라도 한 병 사려다가 들고 다닐 일이 걱정스러워서 그만두었습니다.

삼륜차로 호수에 갔습니다. 덕진호수보다 대여섯 배는 넓어 보입니다. 물이 아주 맑고 주변 시설들이 깔끔하고 호수 건너편 고풍스러운 집 두어 채가 잘 어울립니다. 일부러 고풍스럽게 지은 집이 아니라 명나라 때의 무슨 재상의 집이었답니다. 호수 주변에 '이규정李逵井'이라는 우물도 기념비와 함께 쇠울타리로 둘려 있습니다. 수호지에 나오는 낯빛이 검고 쌍도끼로 유명한 이규, 그 이규가 마시던 우물이랍니다. 소설 속의 인물을 실존 인물로 여기기는 여기나 거나나 마찬가지인 모양입니다. 아름다운 일이지요. 호수 중심에 작은 섬도 있고 호수를 가로지르는 1킬로쯤 돼 보이는 구름다리의 곡선이 한결 멋스러워 보입니다. 너무 넓어서 호수를 한 바퀴 돌아보려던 당초의 계획을 포기하고 나오다가 고완점古玩店에 들렀습니다.

청동그릇, 도자기, 옥으로 된 조각품, 서화 들을 둘러보는 나에게 50대쯤 보이는 통통한 주인 사내가 다가와 뭐라고 말을 겁니다. 무슨 물건을 찾느냐고 한답니다. 서화 중에서 현대 중국의 유명한 작품이 있으면 보고 싶다고 했더니 주인은 냉큼 안으로 들어가 둘둘 말려 있는 서화뭉치를 들고 와서 펼쳐 보입니다. 모두 한 사람의 작품들입니다. 별로구나별로구나 여기다가 마지못해 그 중 산수화 한 점을 골라 얼마냐고 물었더니, 서랍 속에서 화가의 약력, 사진 등이 인쇄된 팜플렛을 꺼내 보입니다. 그 사진 속의 인물이 바로 주인 사내였습니다. 좀 난처하긴 했지만 내킨 김에 얼마냐고 물었더니 삼백 원이랍니다. 달라는 대로 다 주기도 그렇고 그림을 그린 화가 본인과 직접 홍정을 한다는 것도 멋쩍은 일이고 해서 나는 한참 동안 말을 잊고 있는 중인데 부예서 군이 주인에게 내 소개를 하는 것 같습니다. 그들의 대화 중에서 내가 알아들을 수 있는 말은 '한국韓國, 저명著名, 시인詩人' 등입니다. 한국도 저명도 시인도 나에게는 참 부끄러운 말들입니다.

거북하고 부끄러운 건 내 몫으로 여기면 되겠지만 그림값 깎기는 이제 틀렸구나 싶어서 나는 부예서에게 절망적으로 눈을 흘겼는데 부예서는 그것도 모르나봅니다. 주인이 나에게 새삼 악수를 청하면서 명함을 건넵니다. 내 시집을 한 권 갖고 싶다고, 예술인끼리 우정을 나누고 싶다고, 나는 지금 시집을 가지고 오지 않았다고, 괜찮다고, 다음 기회에 보내달라고, 그러마고, 부예서를 통해서 말을 주고받는 동안에도 나는 꼼짝 없이 견뎌야 할 그 그림값 때문에 마음이 편하질 않습니다.

주인은 내가 고른 산수화를 신문지에 말아 내 손에 쥐어주면서 종업원더러 카메라를 가져오라고 시킵니다. 나는 돌돌 만 그림을 손에 쥔 채로 주인과 함께 사진을 찍고 절망적으로 지갑을 꺼냈습니다. 다급하게 손사래를 치면서 주인이 뭐라고 주절댑니다. 예술인끼리 우정을 나누자고 했지 않았느냐고, 그 산수화는 나에게 우정의 표시로 주는 거라고, 나는 엉거주춤 지갑을 손에 든 채 부예서의 통역을 듣습니다. 얼굴이 화끈 달아오릅니다. 그림값 못 깎게 된 상황만 억울하게 여기던 내 까만 지갑이 나보다 더 낯을 붉힙니다.

젊었을 때 이런 비슷한 일을 겪은 일이 한 번 있었습니다. 아중리 저수지에 낚시를 나갔다가 한 나절 내내 고기도 안 물고해서 진달래꽃을 따라 저수지 뒷산(기린봉 뒤편)을 쉬엄쉬엄 올라가는 길이었습니다. 산 중턱에 대리석 광산이 하나 있었는데 노인 한 분이 광산 아래 움막 같은 사무실로 나를 끌어들이더니 차나 한 잔 마시고 가라는 거였습니다. 차를 마시는 동안 노인은 한 시간도 넘게 열정적으로 추사秋史에 관한 얘기를 하다가, 지금 마침 자기가 추사 선생 생각을 하면서 붓을 좀 다루려고 내려오는 길이라면서 지필묵을 펼치더니 그야말로 일필휘지로 추사의 부작란不作蘭을 한 폭 그려 놓고는, 오랜만에 아주 맘에 든다면서 날더러 가지고 가라는 거였습니다. 추사 선생 얘기로 열을 올리던 노인의 열정과 그 외로움이 지금도 잊혀지지 않습니다. 며칠 뒤 내가 찾아갔더니 노인은 없고 아들만 있어서 가지고 간 화선지 한권과 술 한 병을 아들에게 맡기고 내려왔습니다. 쌍낙관雙落款까지 받은 그 작품을 나는 아직도 가지고 있지요. 알고 보니 그 노인이 난곡蘭谷선생이라고, 추사연구회 회장을 하신 분이더군요.

구사걸邱士杰이라고 하는 이 사내에게도 그 때의 난곡선생 비슷한 외로움이 있었던 걸까요? 하긴 나에게도 시를 써서 이름도 모르는 사람에게 주고 싶은 그런 때가 어쩌다 한 번씩은 있긴 했었죠. 예술인들의 그 터무니없는 외로움을 곱씹으면서 호수를 끼고 시가지 쪽으로 발길을 돌렸습니다. 호수 근처에서, 산더미처럼 쌓인 흙인지 흙더미처럼 쌓인 산인지 구분하기 어려운 토목공사를 보았습니다. 내가 구경한 건 북호北湖고 그 반대편에 남호南湖가 하나 더 있다는데 지금 하는 공사는 북호와 남호 사이를 파서 두 호수를 연결하는 것이고, 거기서 파낸 흙을 모아 저렇게 산을 만들고 있는 중이라고 합니다. 가도 가도 들판뿐인 이곳에서는 어렵지 않게 이해됨직한 공사였습니다. 흙더미의 높이가 족히 50 미터는 넘어 보이는, 봉우리가 두개나 되는, 나무만 잘 심어놓는다면 아닌 게 아니라 아담한 산이 될 것 같은 엄청난 흙더미를 보면서 산을 그리워하는 이 고장 사람들의 외로움을 한껏 끄덕여보았습니다. 산 없는 고장에 살면서 산수화를 그리는 화가의 꿈과 그 외로움에 대해서도 두어 번 더 끄덕여보았습니다.

문화시장文化市場의 붓통 하나

― 강인한 선생께

일본은 잘 다녀오셨겠지요? 김길전 선생한테서 일본에 가셨다는 소식 들었습니다. 우리 사는 세상에는 헛되고 헛된 것들이, 그러나 자꾸만 마음 쓰이는 것들이 왜 이리도 많은지요? 따로 갈 만한 데가 없는 나는 주말이면 가끔 택시로 이곳 문화시장에 가서 한나절쯤 실컷 눈요기를 하고 옵니다. 이곳에는 문화라는 외피를 두른 별의별 상품들이, 즐비한 가게 안은 물론이고 건물 사이의 공터나 사람들 나다니는 길바닥에까지 지겹도록 널려 있습니다. 문화에게 길을 빼앗긴 사람들은 그 상품들 사이사이로 걸어다닙니다.

강 선생도 가끔 KBS의 진품명품 프로그램을 보시는지요? 하나하나가 모두 그 진품명품 프로에 나옴직한 물건들, 온갖 형태의 도자기나 청동제품들, 옥돌이나 비취로 된 노리개나 장식품들, 다양한 형태의 칼을 비롯한 병장기들, 동식물의 화석이나 기묘한 수석들, 출토품임을 과시하려는 듯 그것들은 흙투성이인 채로 여기저기 땅바닥에 쌓여 있기도 하고 어떤 것들은 깨끗하게 닦이어 가게 안에 정리되어 있기도 합니다.

기묘한 고목뿌리들, 목각들, 목 부러진 부처님 머리통들, 모택동 동상들, 수정이나 상아에 새겨진 도장들, 큼지막한 둥치의 옥돌로 조각된 옥새 비슷한 도장들, 홍옥, 청옥, 백옥 등으로 정교하게 새겨 만든, 손잡이까지 달린 크고 작은 남근들, 그 사이사이에는 또 고서나 고서화나 한약재, 또아리를 튼 채 말라죽은 크고 작은 뱀들, 각종 차茶, 살아 있는 거북, 한국의 그것보다 세 배쯤 커 보이는 우렁들이 적갈색 다라이에 담겨 있기도 하고 수대 안에는 또 아이들 손가락만씩한 전갈들이 제각각 꼬리를 치켜들고 우글거리기도 합니다. 그 사이사이에는 또 각종 문방구며 색안경, 확대경, 망원경, 먼지털이 빗자루 등 생활용품들이 널려 있기도 합니다. 어찌 보면 모두 헛되고 헛된 것들이지요.

이곳 문화시장에는 그야말로 문화 아닌 것이 없습니다. 사이사이로 걸어다니는 사람들도 다 살아 있는 문화임에는 틀림이 없습니다. 대충대충 살펴며 다녀도 두 시간은 족히 걸립니다. 그 숱한 문화들 속에서 나는 하필이면 흙물로 얼룩진 채 천연스럽게 나뒹굴고 있는, 크고 작은 남근들 쪽에 자꾸 눈길을 빼앗기다가 몇 차례나 그 눈길을 거두어들이곤 했습니다. 허름한 중년 사내 하나가 실물보다 훨씬 큰 남근 하나를 골라 흥정을 하다가 어슬렁어슬렁 다른 쪽으로 걸어갑니다. 한 달쯤 세수를 하지 않은 것처럼 보이는 청년 하나가 흥정하다 만 그 물건을 덜렁덜렁 들고 중년 사내를 따라갑니다. 중년 사내는 거듭 손사래를 치고 청년은 한사코 값을 깎아주는 것 같습니다. 이윽고 그 물건이 중년 사내의 가방 속으로 들어갑니다. 나는 그 물건값이 잠깐 궁금합니다.

이곳에서 아직은 아무 것도 사지 말자고 벼르면서 그 동안 눈요기만 하고 다녔는데 오늘은 유난히 눈길을 끄는 목각이 하나 있어서 값을 물어보았습니다. 400원이라고 합니다. 높이 30센치쯤 지름이 15센치쯤 되는, 짙은 밤색 칠이 반들거리는 붓통, 머리 벗겨진 웃통 벗은 사내 하나가 한 손에 부채를 들고 소나무 아래 앉아서 술을 마시고 있는 장면이 부드럽고 정교하게 입체적으로 새겨진 붓통입니다. 200원에 사자고 하니까 그렇게는 안 된다고 주인은 고개를 다섯 번도 더 흔듭니다. 내가 돌아서자 손가락 세 개를 펴서 흔들어 보이며 주인이 나를 따라옵니다. 나는 손을 여섯 번도 더 흔들면서 짐짓 다른 도자기를 파는 쪽으로 발길을 돌립니다. 붓통 주인이 두어 번 더 나에게 말을 걸다가 마침내 제 자리로 돌아갑니다.

　　좀 섭섭하긴 했지만 흥정이 그렇게 끝났더라면 그래도 좋았을 텐데, 일이 꼬이느라고 그랬던지 한 시간쯤 후에 나는 그 가게 앞을 다시 지나가다가 주인과 눈길이 맞았습니다. 주인이 냉큼 그 붓통을 챙겨 들고 이번에는 손가락 두개를 펴 보이며 나를 따라옵니다. 내가 고개를 한 번 끄덕이는 동안 주인이 고개를 서너 번씩 끄덕이고는 붓통을 나에게 건넸습니다. 묵직한 붓통을 껴안고 돌아오는 내 발길이 가볍습니다. 아내는 붓통이 아주 맘에 든다면서 묵직한 게 아무래도 박달나무 같다고 합니다. 나는 슬그머니 그 무게에 신경이 쓰입니다. 아무리 박달나무라 하더라도 그 무게가 자꾸 의심스럽습니다. 그리고 그 의심은 오래가지 않았습니다.

숙소에 오자마자 촛불로 밑바닥을 태워 본 그 붓통에서는 고약한 프라스틱 냄새가 났습니다. 처음에는 그게 칠 냄새겠거니 여겼습니다. 고약하고 고약한, 헛되고 헛된 그 냄새가 창문을 다 열어도 여간해서 빠져나가지 않습니다. 이제 그만 헛되고 헛된 이 촛불이나 꺼야겠지요?

태산처럼 쏟아지는 잠

오늘이 5월 6일, 일주일이나 묵은 감기가 아직도 나갈 기미를 보이지 않는다. 오늘 태산에 가기로 약속한 날인데 이놈의 감기 때문에 또 약속을 어기게 되면 어쩌나 싶어 걱정이다, 열이 오르면 아내는 나를 또 못 나서도록 말릴 게 뻔하다. 지난밤에는 열도 오르기 전에 아내 몰래 감기약을 미리 먹어두었다. 태산행 약속을 지키기 위하여 나는 어제부터 감기가 다 나은 것처럼 행세하는 중이다. 새벽 3시. 약기운이 떨어지는 듯싶어서 또 약을 먹었다. 우비于飛 군(산동사범대 한국어과 학생)이 나를 데리러 오려면 아직도 4시간이나 남았다.

잠이나 좀 자두어야지 싶은데 약기운 탓인지 영 잠이 오지 않는다. 약기운 탓이 아니더라도 나는 이제껏 맘먹은 대로 잠든 일이 거의 없다. 맘먹고 잠을 좀 자 둬야지 싶을 땐 영락없이 밤을 밝히고 만다. 잠을 못 자면 오며가며 차 안에서 토막잠으로 땜질하리라…… 감기약을 먹은 주제에 술을 마실 수도 없어서 그냥 견디기로 한다. 아닌 게 아니라 뜬눈으로 아침을 맞았다. 약속된 시간보다 10 분이나 먼저 온 우비군于飛君이 그나마 다행스럽다.

화차참火車站(기차역)에는 이른 아침부터 사람들로 붐볐다. 지금이 노동절 휴가기간이기 때문이라고 한다. 이곳 거리에서는 이층 버스들이 가끔 눈에 띄곤 했는데, 오늘 우리가 탄 기차도 2층 기차다. 시야가 넓은 2층에 자리잡고 갔으면 싶었지만 미리 끊어 놓은 차표가 1층 좌석이어서 그냥 정해진 좌석을 찾아 앉았다. 어차피 잠이나 자면서 갈 길, 1층이든 2층이든 그게 무슨 대수랴 싶었는데, 막상 자리를 잡고 보니 이건 또 상황이 다르다. 자리도 좁고 딱딱할 뿐만 아니라 세 사람씩 마주 앉은 앞좌석과의 거리가 서로 무릎을 비껴야 할 만큼 너무 가깝다. 앞에 앉은 중년 부부의 주고받는 억양 강한 중국말이 내 귀에는 마치 서로 싸우는 소리처럼 들린다. 돈을 더 내면 좋은 자리로 옮길 수 있지 않을까 싶었는데, 여기는 1등칸, 2등칸 같은 구분이 애당초 없고, 또 장거리 기차가 아니어서 침대칸도 없다고 한다.

나는 눈이라도 좀 감아보려던 생각을 접고 아예 차창 밖만 바라보기로 한다. 차창 밖에는 가끔 돌산들이 보인다. 기암괴석이 눈길을 끄는 그런 돌산이 아니라 나무 한 그루 없는 돌무더기들이 그냥 무미건조하게 피라밋처럼 쌓여 있는 돌산, 물결처럼 넘실거리는 산 아래 밀밭들이 훨씬 더 눈길을 끈다. 저 밀밭 속에 쓰러져 마구 잠들 수 있다면 참 행복할 것 같다. 차창 밖을 보기 위하여 왼쪽으로 왼쪽으로만 젖힌 목뼈가 자꾸 뻐근하다.

태산이 높다 하되 하늘 아래 있더라는 옛시조를 굳이 이렇게 확인해야 하는 건지, 나는 태산이 보이기 전부터 이미 지쳐 있다. 태안 시가지를 가로질러 택시로 태산을 찾아가는 길 저쪽에 태산의 준령들이 시야를 가로막는다. 아닌 게 아니라 허허벌판인 이곳 산동땅에서는 저것을 이 세상에서 제일로 크고 높은 산으로 여기기도 했음직한 산세다. 높고 그들막한 그 산세 앞에서, 걱정이 태산이라는 둥 그리움이 태산이라는 둥 하는 말들을 되새겨본다.

내 걱정 내 그리움은 정말 저 태산만 한가. 실감이 나지 않는 중에도 나는 쏟아지는 잠이 태산 같다. 해발 1550 미터밖에 안 된다고, 걱정이나 그리움이나 잠 같은 것이 아무리 태산처럼 쏟아질지라도 겁먹지 말라고, 우리를 태운 24인승 태산 구내버스는 경쾌하게 태산을 굽이굽이 뱀처럼 누비며 케이블카 승강장으로 가고 있다. 아카시아 숲이 유난히 많다. 가도가도 띠처럼 굽은 길 양쪽이 거의 다 아카시아 숲길이다. 제남에서는 시든 지가 한참 됐는데 여기는 아카시아 꽃이 한창이다. 가뭄타는 골짜기로 아카시아꽃이 눈처럼 흩날린다. 태산 같이 쏟아지던 잠은 어느덧 어디로 가고 태산 같은 아카시아 꽃냄새로 숨이 막힌다. 이 숨 막히는 꽃냄새는 꿈인가 잠인가 그리움인가.

휴가철 관광객이 많아서 오르내리는 케이블카가 바쁘다. 케이블카에서 보면 저 아래 골짜기에는 등산로를 따라 태산을 오르내리는 사람들의 행렬이 보이다 말다 한다. 오르는 데 5시간 정도 걸린다는데 쉬엄쉬엄 5시간인지 곧바로 5시간인지는 잘 모르겠다. 5층 강의실만 올라가도 숨이 턱에 차오르는 나로서는 50시간쯤 걸리지 싶다. 처음부터 끝까지 돌계단으로 된 태산의 등산로는 아파트로 치면 400층쯤 되는 높이라고 한다. 이곳에서 매년 세계등산대회가 열린다나 어쩐다나 하는 소리를 얼핏 들은 일이 있다. 설마 저 사람들이 다 그 등산대회 연습하는 이들은 아니겠지.

케이블카에 매달려 있는 시간이 얼마나 되는지 알아보려고 시계를 확인해보긴 했지만, 막상 보조적 안전장치도 전혀 없이 마구잡이로 허공에 매달린 케이블카의 아슬아슬함 때문에 시간 같은 건 아예 까맣게 잊어먹었다. 저 아래 골짜기를 내려다 볼 때마다 오싹오싹 무서우면서도 그 무서움보다는 옆 사람들에게 무섭지 않은 체를 하는 게 더 진땀이 났다. 고소공포증인지 뭔지가 유난한 나로서는 아무리 태연한 척하더라도 내 안색은 보나마나 노랗게 질려 있었을 것이다. 젊어서 속리산에 갔을 때도 나는 문장대의 쇠사다리를 끝내 오르지 못했었다. 어쩌다 억지춘향격으로 케이블카를 탈 때마다 나는 늘 진땀을 흘리곤 했는데 이 태산의 케이블카는 그중에서 가장 아슬아슬했고, 시간 재는 건 겁김에 까먹었지만 매달려 있는 시간도 가장 길었던 것 같다.

정상 근처에는 무슨무슨 유적지, 기념품상점, 식당들이 즐비하고 건너편 정상에는 호텔들도 있고 그 사이사이에 군데군데 해당화들이 군락을 이루며 피어 있다. 마침 점심 무렵이어선지 그 해당화 꽃그늘에 둘레둘레 모여앉아서 뭘 먹고 있는 사람들이 많다. 둘레둘레 모여앉아 음식을 먹는 풍경이 나로서는 아주 낯익다. 마치 한국의 여느 관광지 같다.

9시쯤 먹어야 되는 감기약을 아직 먹지 않아서인지 아까부터 이마에 열이 짚이기 시작한다. 빈속에 거푸 약만 먹었기 때문에 이번에는 밥을 먹고 약을 먹어야겠는데, 케이블카를 또 타야하는 걱정 때문인지 영 밥 생각이 없다. 금강산도 식후경이라는데 하물며 태산쯤은 말해 무엇하랴만 밥 생각이 너무 없어서 우리는 태산을 경후식으로 승격시키기로 했다. 우비于飛군은 여기 식당들은 밥맛이 별로라면서 내려가서 먹자고 한다. 우비군도 여기가 초행이라는데 여기 음식에 대해서 아는 체를 하는 건 순전히 나를 배려해서일 것이다. 내려가서 비싼 음식 좀 먹여야겠다.

올라갈 때보다 더 제정신이 아닌 케이블카에서 내리자 기다렸다는 듯이 아카시아 꽃냄새가 숨에 막힌다. 잠이 쏟아지기 시작한다. 구내버스를 타러 내려가는 길가 아카시아 나무 밑에 군데군데 쑥덤불이 자라고 있다. 중국에 와서 처음 보는 쑥이다. 제남에서도 황하에서도, 그리고 내가 가본 산동의 여느 시골길에서도 나는 이제껏 쑥을 보지 못했다. 중국사람들은 쑥을 어쩌다 약으로도 쓰이는 별 쓸모없는 풀 정도로 알고들 있다. 불현듯 쑥국이 먹고 싶다. 쑥국도 못 먹은 채 잃어버린 중국의 봄날들이, 먹고 싶은 음식들이 쏟아지는 잠 속으로 주마등처럼 지나간다. 완산칠봉집의 육사스미, 홍도주막의 홍어회, 남문거리의 곱배기 소바, 평화동의 장어구이, 변산의 바지락죽, 삼천동 회센타의 매운탕, 아중리의 보신탕, 화산의 붕어찜 그리고 또 쑥국 쑥국…… 쏟아지는 잠 속으로 먹고 싶은 음식들이 보고 싶은 얼굴들처럼 겹치면서 자꾸 어른거린다. 나는 정말로 아픈가보다.

오후 4시, 제남행 고속버스에 오르기까지 어떻게 어떻게 나는 용케도 잠을 참았다. 넉넉잡고 두 시간, 약도 밥도 먹었겠다, 그 중 적어도 한 시간 반쯤은 잠을 잘 수 있을 것이라는 내 행복한 계산은 그러나 버스에 오르는 순간부터 무너졌다. 출발시간이 정해진 게 아니라 좌석이 다 들어차야 떠나는 버스, 시동이 꺼진 채 운전석 옆 출입문만 열려 있는 70년대식 낡은 고속버스, 대여섯 개 남은 좌석이 들어차기를 기다리면서 후덥지근한 버스 안에서 사람들은 질질질 땀들을 흘리며 앉아 있다. 그냥 출발하자거나, 에어컨이라도 좀 켜달라거나 하는 이들이 아예 없다. 그냥 묵묵히 앉아 있다가 가끔씩 운전석 옆에 비치되어 있는 냉수통의 물이나 따라마시곤 할 뿐이다. 이런 악조건을 불평 하나 없이 당연한 듯이 여기는 사람들, 정말 대단한 사람들이다. 내 앞 자리에 앉은 연인들로 보이는 남녀는 그 속에서 땀을 흘리며 서로 꽉 껴안은 채 눈들을 꽉 감고 있다. 잠든 것 같지는 않다. 정말 대단한 사람들이다. 나는 껴안을 사람도 없이 눈만 꽉 감은 채 그렇게 40분쯤 땀을 흘렸다. 나도 참 대단하다.

드디어 차가 떠난다. 머리 위 에어컨 구멍에 바람이 돌기 시작한다. 그런데 그 바람이 아무리 기다려도 시원하지 않다. 처음부터 줄곧 밍밍할 뿐이다. 에어컨은 안 켜고 그냥 바람구멍만 열어놓은 것 같다. 아무리 그렇더라도 얼마나 기다리던 시간이냐, 나는 잠을 자야 한다. 손바닥으로 이마의 땀을 닦아가면서 몇 차례나 잠을 청하다가 드디어 나는 잠을 포기해버렸다. 닦아도 닦아도 흐르는 땀 탓이 아니라 운전기사가 신경질적으로 눌러대는 빵빵거리는 소리 때문이다. 고작 7,80키로의 속도로 달리는 고속도로에서 무슨 그렇게 빵빵거릴 일이 많은 건지, 3,4분이 멀다고 자꾸 눌러대는 그 소리가 태산명동泰山鳴動보다 더 요란하게 자꾸만 내 토막잠을 짓밟고 지나간다. 태산명동泰山鳴動도 서일필鼠一匹임을 잘 알고 있다는 듯 앞자리의 연인들은 어느새 깊은 잠에 빠졌다. 꽉 껴안았던 팔들이 아무렇게나 축 늘어져들 있다.

백수광부의 꿈

2009년 11월 25일 초판 1쇄 인쇄
2007년 12월 5일 초판 1쇄 발행

지은이 | 鄭洋
펴낸이 | 孫貞順
펴낸곳 | 도서출판 작가
　　　　서울 서대문구 북아현3동 1-1278 (우-120-866)
　　　　전화 | 365-8111~2 팩스 | 365-8110
　　　　이메일 | morebook@morebook.co.kr
　　　　홈페이지 | www.morebook.co.kr
　　　　등록번호 | 제13-630호(2000.2.9.)

편집 | 손순희 함수정
디자인 | 오경은
영업 | 손원대 설동근
관리 | 이용승

ISBN 978-89-89251-90-3

값 10,000원